Tentation islandaise

SOPHIE PEMBROKE

Tentation islandaise

Traduction française de
VIRGINIE CANTIN

AZUR

HARLEQUIN

Collection : Azur

Titre original :
THEIR ICELANDIC MARRIAGE REUNION

HARPERCOLLINS FRANCE
83-85, boulevard Vincent-Auriol, 75646 PARIS CEDEX 13
Service Clients — www.harlequin.fr
ISBN 978-2-2804-9898-2 — ISSN 0993-4448

Composé et édité par HarperCollins France.
Imprimé en janvier 2024 par CPI Black Print (Barcelone)
en utilisant 100% d'électricité renouvelable.
Dépôt légal : février 2024.

FSC www.fsc.org MIXTE Papier issu de sources responsables FSC® C159065

Pour limiter l'empreinte environnementale de ses livres, HarperCollins France s'engage à n'utiliser que du papier fabriqué à partir de bois provenant de forêts gérées durablement et de manière responsable.

1

Les rumeurs de réconciliation entre Winter de Holland et Josh Abraham, ex-couple adoré de Hollywood, vont bon train. En effet, tous deux sont invités en Islande pour assister à l'inauguration du nouvel hôtel-spa de Liam Delaney, un établissement luxueux. Après la fin tragique de leur première union, nous, à LivingtheFairyTale.com, avons voulu en savoir plus. Nous avons donc rencontré Winter lors d'une conférence de presse donnée à l'occasion de sa nomination au titre de meilleure réalisatrice, afin de découvrir la vérité…

Sous les crépitements des flashs, Winter monta sur scène puis prit place à la table. Elle était prête à commencer la conférence de presse. Plaquant un sourire sur ses lèvres, elle offrit son meilleur profil aux photographes des plus grands journaux du pays, tout en répétant son discours dans sa tête.

Elle savait ce qu'elle devait faire, même si c'était la première fois qu'elle se livrait à ce genre d'exercice.

Jenny, son assistante, se pencha par-dessus son épaule pour déposer un dossier devant elle, et elle sut sans même le regarder qu'il contiendrait toutes les réponses qu'elle ne se rappelait pas : chiffres sur la représentation féminine au cinéma, statistiques sur les rôles attribués aux femmes de plus de quarante ans, nombre de réalisatrices figurant sur les listes de présélection pour les prix, etc.

Des choses importantes dont elle était venue parler aujourd'hui.

Des choses que sa première nomination à un grand prix, en tant que meilleure réalisatrice pour *Another Time and Place*, lui permettait de déclarer publiquement.

Winter prit une grande inspiration puis, après avoir remercié Jenny d'un sourire, posa ses mains bien à plat sur la table, devant elle.

Elle était prête.

Les premières questions furent faciles, car elle s'y était préparée bien avant l'annonce des présélections.

Quel effet cela faisait-il d'être nominée ? Qu'est-ce qui, dans son film, avait ému le jury ? À qui avait-elle adressé ses remerciements ? Comment s'était déroulé le tournage et, surtout, quelles avaient été ses relations avec Melody Witnall, la star quinquagénaire du film ?

— C'est merveilleux de travailler avec Melody, déclara Winter en désignant l'actrice assise à l'autre extrémité de la grande table. C'est une professionnelle accomplie, bien sûr, mais plus encore elle a su donner vie au rôle de Beatrix. Elle a parfaitement incarné ce que j'essayais de montrer au public, à savoir que l'âge n'est qu'un chiffre, et que les femmes peuvent trouver l'amour, le succès et l'épanouissement à chaque étape de leur vie. En tant que femmes, nous pouvons définir nos propres critères de réussite, choisir notre avenir, et ce ne sont pas quelques cheveux gris qui vont nous arrêter !

Cette phrase suscita le rire du public, comme elle l'espérait. Bien sûr, la chevelure platine de Melody était impeccable, mais Winter avait déjà remarqué quelques fils d'argent dans son propre carré noir. Peut-être qu'elle arrêterait de les teindre, et accepterait de bonne grâce ce signe du temps qui passe.

Elle pouvait aussi les teindre en violet. Elle n'avait pas à demander la permission à qui que ce soit, après tout !

— Croyez-vous aux secondes chances en amour, Winter ? lança un autre journaliste alors que les rires s'atténuaient.

Reviens-en au film...

Telle était la consigne pour cette conférence de presse. Quelles que soient les questions qu'on lui posait, elle n'avait qu'à les ramener au film. C'était le film qui comptait, pas ses propres réflexions sur l'amour ou ses propres expériences en la matière.

Elle avait déjà vu le cours de sa vie brisé par l'amour. Maintenant, elle se concentrait sur d'autres choses, s'efforçant de sortir de l'ombre que cet échec avait jetée sur son existence.

— L'une des choses que j'ai aimées dans le scénario d'*Another Time and Place* lorsque je l'ai lu pour la première fois, c'est l'accent mis sur l'idée qu'il n'est pas nécessaire d'être jeune pour trouver l'amour. Que les secondes chances – ou les troisièmes et les quatrièmes chances, d'ailleurs – pouvaient aussi s'offrir à nous, et qu'il ne tenait qu'à nous de les saisir. En fait, je trouve même ces histoires qui viennent *après* un chagrin d'amour plus crédibles, vous ne croyez pas ?

Le journaliste haussa les épaules, manifestement peu habitué à ce qu'on lui retourne ses propres questions.

— Je ne sais pas. Que voulez-vous dire ?

— Dans une romance comme *Another Time and Place*, les personnages ne sont pas seulement plus âgés, ils sont aussi plus mûrs. Ils se connaissent mieux et ont une meilleure compréhension du monde, des autres et de ce qu'ils attendent des uns et des autres. Cela les rend plus aptes à construire une véritable relation, et c'est ainsi que Beatrix et Harry parviennent à donner une fin heureuse à leur histoire. Vous voyez ?

Le journaliste acquiesça, mais son regard froid trahissait son désarroi. Winter retint un soupir.

Si elle aimait de nouveau, ce serait différent, cette fois-ci. Ce serait comme pour Beatrix et Harry – un amour secret, vrai et, surtout, sans nuages.

Ou peut-être qu'*elle-même* serait différente. Car elle n'était pas la même personne que la première fois qu'elle était tombée amoureuse, il y a huit ans.

Winter secoua la tête et se concentra de nouveau sur la conférence de presse. Elle ne voulait pas parler d'amour, de toute façon, mais de la représentation et du pouvoir des femmes à Hollywood, devant et derrière la caméra.

Melody répondit à quelques questions, puis ce fut le tour de Sarah, la scénariste. Mais il ne fallut pas attendre longtemps pour que les caméras se tournent à nouveau vers elle et qu'on lui pose une nouvelle question sur l'amour.

— Vous avez affirmé croire en une seconde chance en amour, mais qu'en est-il de la seconde chance pour le *premier* amour ?

Winter cligna des yeux, essayant de garder une expression neutre alors que son cœur s'emballait au souvenir de son premier amour.

— Comment cela ? demanda-t-elle.

Ce n'est pas le sujet du jour...

— Votre ex-mari, Josh Abraham, a récemment déclaré qu'il pensait qu'il n'y avait rien de plus puissant que le premier amour, que le coup de foudre. Êtes-vous d'accord ?

La journaliste haussa les sourcils dans l'attente de la réponse dont Winter savait qu'elle serait la seule chose que l'on retiendrait de cette conférence de presse. Maudits soient Josh et ses ridicules sorties romantiques ! Sans parler de sa tendance à s'approprier tout ce qu'elle disait à propos d'elle-même !

Lorsqu'ils s'étaient mariés, tout le monde ne parlait que de leur idylle, véritable conte de fées, reléguant au second plan les films qu'elle tournait, ses projets d'actrice ou de réalisatrice. Les journalistes ne s'intéressaient qu'à sa relation avec Josh. Quant aux producteurs, ils ne songeaient qu'à mettre en avant leur histoire pour faire des entrées. Elle avait perdu le compte du nombre de séries dans lesquelles on leur avait proposé de jouer ensemble au cours de ces deux premières années, avant que...

Pourquoi songeait-elle à cela ? Elle devait se concentrer. C'était *sa* conférence de presse, *son* quart d'heure de gloire ! Pourquoi posaient-ils des questions sur lui ? Ils étaient divorcés depuis cinq ans – deux fois plus longtemps qu'avait duré leur mariage. N'était-il pas temps de passer à autre chose ?

Apparemment non, puisque toute l'assistance semblait pendue à ses lèvres.

— Je pense... Je pense que tout nouvel amour est comme le premier. Et ce que montre *Another Time and Place*, c'est que la magie de l'amour est toujours la même, quel que soit l'âge.

Elle esquissa un sourire de façade, dont elle savait qu'il atteignait à peine ses joues et encore moins ses yeux, et leva le menton pour indiquer à Jenny qu'il était temps de clore la séance.

— Dernière question, dit celle-ci en s'adressant à un sympathique journaliste au premier rang – à qui l'on pouvait faire confiance pour poser une question *sensée* sur le film, et non sur les aléas de l'amour.

Mais la femme au fond de la salle qui avait posé la question précédente reprit la parole sans y avoir été invitée.

— En fait, j'ai une autre question... Le fait que vous-même et votre ex-mari vous apprêtiez à passer une semaine ensemble, dans le luxueux hôtel-spa islandais de Liam Delaney, votre ami commun, pourrait-il changer ce que vous pensez des secondes chances ?

Agrippée à la table, Winter lutta pour continuer à sourire.

— Je ne vois pas pourquoi cela changerait quoi que ce soit à mon opinion, non. Merci à tous d'être venus...

Elle se leva, espérant ne pas trop trembler.

Jenny, par chance, reprit aussitôt le contrôle de la situation, et s'interposa entre Winter et le public pour mettre un terme à cette conférence de presse et lui permettre de s'éclipser – et de s'effondrer – en toute tranquillité.

— Tu vas bien ?

Winter s'aperçut que Melody l'avait suivie, et cette dernière la prit par le bras pour la protéger des flashs et des caméras tout en faisant mine de bavarder tranquillement avec elle. *Dieu bénisse les autres femmes !* songea Winter en levant les yeux vers sa star.

— Ça va aller, merci.

Ce n'était pas un mensonge. Cela ne pouvait pas en être un. Elle s'en sortirait, comme elle s'en était sortie la dernière fois. Elle se relèverait et continuerait à vivre sa vie. Une vie *sans* Josh.

Tout allait très bien.

Ou, du moins, ce serait le cas une fois qu'elle aurait assassiné Liam Delaney à mains nues pour avoir invité son ex-mari à ce qui était censé être une semaine de repos et de détente dans un hôtel islandais.

Ensuite, tout irait pour le mieux.

— Tu ne lui as pas dit que je venais, n'est-ce pas ?

Josh se détourna de l'écran de son ordinateur pour jeter un regard accusateur à son ami. Il espérait que son expression ne trahissait pas l'agitation qui s'était emparée de lui.

Liam se contenta de hausser les épaules, avant de répondre avec son accent traînant :

— Bien sûr que non. Je ne voulais pas risquer un refus, tu comprends ? Je veux dire, ne te méprends pas. Tu es quelqu'un d'important, mon pote. Mais Winter... joue dans une autre catégorie maintenant, avec cette nomination.

Et bien sûr, Winter aurait décliné l'invitation si elle avait su qu'il serait là. Josh en était aussi sûr que Liam. Elle avait tout fait pour l'éviter au cours des cinq dernières années. Pourquoi ce voyage serait-il différent ?

Ce n'est pas comme s'il pouvait lui en vouloir. Après tout ce qui s'était passé entre eux... bien sûr qu'elle ne voulait pas se retrouver en sa présence. Comment pouvait-il être autre chose qu'un rappel douloureux de ce qu'ils avaient failli avoir et qu'ils avaient perdu ?

Elle n'avait probablement pas besoin de lui pour s'en souvenir. Car lui y pensait tous les jours.

— Qui est la blonde sur le podium, avec elle ? demanda Liam en désignant l'écran d'ordinateur sur lequel ils regardaient la conférence de presse. Elle me dit quelque chose.

Josh plissa les yeux, et découvrit Winter en grande conversation avec la star de son premier film.

— Tu veux dire Melody Witnall ? Si tu ne la reconnais pas, c'est que tu n'es pas vraiment du métier !

Liam leva les yeux au ciel et pointa de nouveau l'écran du doigt, avec plus de précision, cette fois.

— Pas Mel ! Elle...

— Oh ! elle ? C'est Jenny, l'assistante de Winter.

Josh jugea qu'elle gérait bien le public en la voyant s'adresser au groupe de journalistes qui essayaient d'approcher Winter. Il était rassuré de voir qu'elle était bien entourée, maintenant qu'il n'était plus là.

Elle s'était réfugiée auprès de Jenny quand elle l'avait quitté, se rappela-t-il. C'est Jenny qui l'avait aidée à traverser ces mois difficiles, pas lui. Qui lui avait offert le soutien dont elle avait besoin, et qu'il n'avait pas été en mesure de lui apporter.

— Elle est sexy, déclara Liam d'un ton péremptoire, comme s'il avait été désigné pour en juger.

Josh n'avait jamais vraiment réussi à comprendre la confiance que son ami semblait avoir en lui-même.

Du moins, dans la plupart des domaines. Pas dans tous car, après tout, ce n'était pas pour rien que Liam avait abandonné son métier d'acteur pour gérer des hôtels de luxe comme celui-ci.

Mais aucun d'entre eux ne voulait s'attarder sur ce point aujourd'hui. Josh posa de nouveau son regard sur l'écran, à l'endroit où se tenaient Winter et Melody. Elles avaient changé de position, ce qui lui permettait de mieux voir le visage de son ex-femme. Elle souriait de ce sourire qu'elle arborait toujours lorsque son univers s'effondrait et qu'elle voulait donner le change.

Comme la fois où elle avait essayé de préparer un dîner pour son frère et sa belle-sœur, allant jusqu'à concocter les lasagnes une semaine à l'avance pour finalement ne pas les décongeler à temps. Chaque fois qu'elle était apparue dans l'embrasure de la porte depuis la cuisine, un tablier inconnu noué autour de la taille, elle avait souri en leur assurant qu'ils ne tarderaient pas à passer à table.

Après deux heures et deux bouteilles de vin, ils avaient finalement commandé un plat à emporter !

— Elle a l'air en forme, dit doucement Liam à côté de lui.

— C'est toi qui le dis.

— Pas l'assistante. Winter. Elle a l'air... bien.

— Elle a l'air fatiguée.

Josh résista à l'envie de toucher sa joue sur l'écran. Même son meilleur ami ne devait pas être témoin de ce genre de faiblesse.

— Tu ne lui as pas dit que je serais là cette semaine, n'est-ce pas ?

— Pour ma défense, elle n'a pas demandé, répondit Liam sans vraiment s'excuser.

Elle avait eu l'air surprise par la question de la journaliste. Comment diable celle-ci avait-elle eu accès à la liste des invités avant Winter ?

« Elle n'a pas demandé. »

Parce qu'elle avait cru que Liam ne prendrait pas le risque de les réunir tous les deux pour l'inauguration de son nouvel hôtel, où la presse serait présente ?

Ou parce qu'elle ne pensait plus du tout à lui ces derniers temps ?

Josh n'était pas sûr de vouloir connaître la réponse à cette question.

— Crois-tu qu'elle viendra quand même ? demanda-t-il à son ami.

— J'espère bien que oui !

Liam s'éloigna de l'écran et se jeta sur le canapé noir installé contre le mur de son bureau. Josh le suivit et s'installa dans le fauteuil, en face de lui. Par la fenêtre, Josh admira les champs de lave autour des piscines géothermiques, et les montagnes enneigées au-delà.

Cet hôtel ne ressemblait à aucun de ceux que Liam avait ouverts dans son pays natal, la Grande-Bretagne, ni dans son pays d'adoption, les États-Unis. Josh ne savait pas exactement ce qui avait attiré son ami vers l'Islande, mais il avait dépensé une fortune pour faire de cet établissement un lieu de retraite luxueux – un endroit où s'échapper du monde réel. En regardant le paysage, on aurait presque pu se croire sur une autre planète.

Liam se redressa puis, les avant-bras sur les genoux, il se pencha en avant pour parler à Josh.

— Cet établissement a un potentiel énorme. J'ai juste besoin de le faire connaître. Et cette semaine… sera décisive. Grâce à ta présence ici, avec Winter, aux journalistes et aux influenceurs, nous pouvons faire en sorte que l'Ice House soit sur toutes les lèvres.

— Si elle tient sa promesse, souligna Josh.

— Exactement.

Josh observa son ami, et remarqua soudain quelques rides autour de ses yeux et les fils gris sur ses tempes. Liam n'avait que trente-huit ans, comme lui, mais apparemment c'était à cela qu'il devait s'attendre. Et il le ressentait.

C'était vieux, mais à bien des égards rien n'avait changé depuis ses vingt-huit ans. Sauf qu'à vingt-huit ans il n'avait pas encore *rencontré* Winter. Et cela aussi lui semblait impossible – qu'il ait existé un moment où elle ne faisait pas partie de sa vie.

— Il faut que je parte, dit Josh, très sûr de lui, soudain. Ce n'est pas sympa de la prendre au dépourvu, alors qu'elle a clairement besoin d'un break.

— Et pas toi, peut-être ? répliqua Liam en haussant les sourcils. D'ailleurs, je vous ai invités tous les deux parce que je *veux* que vous soyez là tous les deux ici. Pour des raisons de publicité, évidemment.

Quelque chose dans son ton, ou dans sa façon d'éviter son regard, éveilla les soupçons de Josh.

— C'est vraiment la seule raison pour laquelle tu nous

as invités tous les deux ? demanda-t-il, les yeux plissés. Pour faire parler les gens ?

Liam haussa les épaules.

— À ton avis ?

— Je crois que, comme l'effervescence de Hollywood te manquait, tu as décidé de te mêler de la vie de tes amis.

Ce que Josh n'appréciait guère...

Liam ne se défendit pas.

— Si vous êtes heureux tous les deux, alors je suis heureux aussi – et si vous pouvez susciter l'intérêt du public pour mon nouvel hôtel, ce serait encore mieux !

Josh jeta un coup d'œil à son ami, attendant le « mais » qui n'allait pas tarder à suivre.

En effet, quelques instants plus tard, Liam poursuivit :

— Mais entre toi et Winter, c'est une histoire inachevée. La façon dont elle est partie, ce qui s'est passé avant... il n'y a pas vraiment eu de fin. Ni pour l'un ni pour l'autre.

En un instant, Josh fut ramené cinq ans en arrière, le jour où, alors qu'il regagnait leur maison de Los Angeles après un tournage, il l'avait trouvée vide : Winter était partie. De nouveau, il sentit son cœur se serrer, comme quand il avait lu le mot qu'elle avait laissé sur le comptoir de la cuisine.

Il s'était alors rendu compte que son mariage était terminé avant même qu'il ait pu tenter de le sauver.

Au lieu de reconnaître que son ami était près de la vérité, Josh lâcha :

— Cela fait cinq ans...

— Cinq années au cours desquelles tu as prétendu être passé à autre chose, as fréquenté une série de blondes identiques – mais jamais plus de quelques mois – tout en pleurant ton amour perdu.

Décidément, Liam ne prenait pas de gants, aujourd'hui !

— Je ne me suis pas ennuyé, tu sais, répondit Josh. Je ne voulais pas que Winter revienne, et je ne pensais pas qu'elle était la seule femme au monde qui...

— Pourtant, tu parles sans cesse de trouver celle avec qui tu pourras vieillir, coupa Liam. Partager un amour comme celui qui unit tes parents.

— Parce que c'est ce que je veux, dit Josh.

Oui, il voulait aller de l'avant, trouver le véritable amour et le bonheur avec une femme qui resterait auprès de lui. Mais comment faire, alors qu'il ne comprenait pas pourquoi Winter était partie ?

Dans sa lettre, elle prétendait ne plus pouvoir rester mariée avec lui. Au cours des cinq dernières années, il avait cherché de nombreuses raisons à cela, surtout durant ses longues nuits sans sommeil. Mais elle ne lui avait jamais expliqué *exactement* ce qu'il avait fait de mal. Comment, dans ces conditions, être sûr qu'il ne recommencerait pas ?

Non qu'il eût vraiment envie de raconter tout cela à Liam. Il chercha donc une autre manière de l'expliquer.

— Tu n'as jamais rencontré mon père, mais tu as entendu ma mère et mon frère parler de lui, n'est-ce pas ?

Liam acquiesça.

— Une ou deux fois.

Liam faisait partie de ses rares amis acteurs qui ne cloisonnaient pas vie professionnelle et vie privée, et il avait passé plus d'une fois des vacances avec la famille de Josh, surtout après l'accident.

— Ta famille est adorable.

— Mes parents s'aimaient d'amour tendre. Mon frère, Graham, a trouvé lui aussi le véritable amour avec Ashley. Ils sont très heureux, tous les deux, depuis que les jumeaux sont nés. Je ne me contenterai de rien de moins.

Était-ce vraiment trop demander ?

Liam posa sur lui un regard attentif.

— Toi aussi, tu croyais que Winter était la femme de ta vie, tu te souviens ?

— Et je me trompais.

Il se rappela les paroles de sa mère, après le départ de Winter.

« J'ai toujours su que ça ne marcherait pas. Ne t'inquiète pas. Elle viendra quand tu seras prêt. ».

Mais cela faisait des années qu'il *était* prêt. Il voulait éprouver ce sentiment de plénitude qu'il lisait sur le visage de Graham lorsqu'il souriait à sa femme. Il voulait cet amour, ces rires et cette chaleur qui régnaient dans la maison de son enfance, avant la mort de son père.

Pendant quelque temps, il avait cru avoir trouvé cela avec Winter. Mais il s'était vite rendu compte qu'il faisait fausse route. Entre eux, tout était difficile, et il s'était senti défaillant dès le début. Et puis, quand leur relation s'était dégradée, il n'avait pas pu réparer quoi que ce soit. Alors il l'avait laissée partir sans se battre, parce qu'il avait su à ce moment-là que leur histoire n'était pas faite pour durer.

Tomber amoureux de Winter avait été comme un coup de tonnerre, l'arrachant à un quotidien morose pour le transporter dans un véritable conte de fées dont il ne doutait pas qu'il finirait bien. Cette rencontre bouleversante avait changé sa vie.

Dans les films, le premier amour était toujours un raz-de-marée. Mais il ne fallait pas confondre « premier amour » et « grand amour ».

Le grand amour, ainsi qu'il l'avait compris en observant ses parents, était une évidence. Il suffisait d'y croire pour qu'un jour toutes les pièces du puzzle se mettent en place.

— Si tu es vraiment prêt à aller de l'avant, tu as toute

cette semaine pour le prouver, dit Liam, le tirant de ses pensées. Tu dois tourner la page. Arrête de t'en vouloir pour ce qui n'a pas marché et commence à chercher les points positifs, d'accord ?

— Je ne m'en veux pas pour ce qui s'est passé avec Winter.

Il mentait.

— Oui. Oui, c'est vrai, répliqua Liam avec un sourire triste. Je sais ce que c'est.

Jamais Liam n'avait évoqué les erreurs qu'il avait lui-même commises dans le passé, et qui l'avaient conduit à laisser Hollywood derrière lui. Josh aurait voulu pousser plus loin la conversation, car il sentait que son ami avait besoin d'en dire plus mais, avant qu'il ne puisse trouver la bonne façon de le faire, Liam se levait d'un bond.

— Bon. Pas de repos pour les braves ! comme disait mon grand-père. Il faut que je me remette au travail.

Il ouvrit la porte du bureau et invita Josh à sortir lui aussi. Les yeux bleus de Liam brillaient sous ses cheveux noirs qui tombaient sur son front.

— Réfléchis à ce que j'ai dit, mon pote. Et à ce qui s'est vraiment passé entre vous.

L'espace d'un instant, Josh s'imagina qu'il savait exactement ce qu'il avait fait pour que Winter le fuie, et il se sentit soulagé d'un grand poids. Peut-être n'avaient-ils pas vécu le grand amour, ni le conte de fées que les tabloïds avaient présenté au public lorsqu'ils étaient tombés amoureux sur le tournage de leur premier film et s'étaient mariés dans l'année qui avait suivi. Mais ils *avaient* été amoureux, cela ne faisait aucun doute.

Et si Josh devait risquer son cœur à nouveau, il voulait tout faire pour éviter de le briser encore. Ce qui signifiait ne pas faire deux fois la même erreur.

Peut-être que Liam avait raison, après tout ? Comprendre ce qui n'allait pas entre lui et Winter l'aiderait à avoir de nouveau confiance en l'amour...

— Oui, d'accord, répondit Josh en franchissant le seuil. On se voit plus tard. Pour le dîner ?

Liam acquiesça et disparut, tandis que Josh empruntait le couloir qui menait à sa suite, la meilleure de l'établissement, lui avait assuré son ami.

Au moins, il aurait un endroit agréable où se réfugier, après le choc des retrouvailles avec son ex-femme, qu'il n'avait pas vue depuis presque cinq ans.

2

— Je n'arrive pas à croire que Liam ait fait ça ! Pourquoi avoir invité Josh s'il voulait que je sois là, moi aussi ?

La petite salle de réunion qu'ils avaient réquisitionnée après la conférence de presse n'était pas vraiment assez grande pour faire les cent pas, mais Winter avait besoin de se défouler.

— Parce que vous êtes tous les deux ses amis ? Et que ce sera une super publicité pour son nouvel hôtel ?

Assise dans le fauteuil en cuir, au bout de la table de réunion ovale, ses longues jambes posées sur le plateau, Jenny la regardait, et Winter remarqua que son assistante avait laissé ses chaussures à talons à côté des siennes, à l'entrée. Elles avaient toutes deux décidé que c'était le moment d'accorder un peu de repos à leurs pieds.

Elle allait devoir passer une semaine en Islande avec son ex-mari. En plein hiver !

C'était une très mauvaise idée.

Cinq ans... Au cours des cinq années qui s'étaient écoulées depuis qu'elle avait mis fin à son mariage, elle avait réussi à éviter Josh. Leur divorce s'était déroulé par l'intermédiaire de leurs avocats et, à l'exception d'une rencontre glaciale pour régler les détails, elle n'avait jamais eu à discuter avec Josh depuis qu'elle lui avait écrit pour lui dire qu'elle le quittait.

Et maintenant, elle devait inaugurer un hôtel avec lui et lui faire la conversation ?

Comment y parvenir, quand le poids des non-dits entre eux était énorme ? Ce n'était pas comme s'il avait suffi qu'elle formule de vagues excuses pour rattraper toutes ses erreurs ! Cela ne suffirait pas à effacer sa culpabilité, et ne changerait rien non plus à tout ce qui n'avait pas fonctionné entre eux.

— Qu'est-ce qu'il lui est passé par la tête ?

Winter atteignit l'écran fixé au mur, puis pivota sur la pointe des pieds et repartit dans l'autre sens.

— Liam ? Je ne l'ai jamais rencontré, mais je pense pouvoir te résumer son mode de pensée, prétendit Jenny, occupée à battre un jeu de cartes. Tiens, choisis-en une !

Winter jeta un regard dédaigneux en direction de son amie.

— Tu sais bien que je n'y crois pas.

— Le tarot ne se préoccupe pas de savoir si tu y crois ou non, je te l'ai déjà dit…

Jenny fit basculer ses jambes pour s'asseoir convenablement sur son siège, mélangea une dernière fois les cartes, puis tendit le jeu à Winter.

Après un nouvel aller-retour, Winter céda. Se laissant tomber dans un fauteuil près de son assistante, elle prit ces fichues cartes et les battit grossièrement pendant que Jenny disait :

— Maintenant, réfléchis à ce que tu voudrais qu'elles te disent.

— Comment échapper à ce voyage en Islande ! suggéra Winter.

Jenny leva les yeux au ciel.

— Si c’est tout ce que tu veux, c’est facile : un ou deux coups de fil, et tu peux te créer une opportunité à ne pas manquer et appeler Liam pour lui dire que tu es désolée mais que tu ne peux pas venir.

Winter cessa de battre les cartes. Elle pouvait juste… ne pas y aller. N’est-ce pas ?

— C’est génial ! Pourquoi je ne fais pas ça ?

— Parce que ce n’est pas ce que tu veux vraiment, répondit Jenny, fine mouche.

Winter réfléchit.

— Tu en es sûre ? Parce que ça y ressemble *beaucoup*, pourtant.

Ne plus avoir à revoir Josh était le principal attrait de ce plan. Ne pas avoir à parler de tout ce qui s’était passé entre eux, de la rancœur qu’elle avait ressentie, ni de la souffrance qui avait marqué les derniers mois de leur mariage.

Elle avait échoué dans le rôle le plus important qu’elle ait jamais accepté, et le simple fait de lire la tristesse dans les yeux de l’homme qu’elle aimait l’avait brisée, à tel point qu’elle n’avait rien pu faire d’autre que de partir sans un regard en arrière… Revoir Josh, ce serait se forcer à regarder en arrière, et Winter avait fait des efforts considérables, ces cinq dernières années, pour avancer…

— Cela fait des mois que tu attends ce voyage avec impatience, lui fit remarquer Jenny. Et moi aussi. Tu te souviens ? Yoga sur glace. Spa matinal. Piscines géothermiques. Massage et relaxation…

Jenny oubliait le mot « retrouvailles »… Avec l’ex-mari qu’elle n’avait jamais réussi à oublier, même après l’avoir quitté avec perte et fracas.

Oui, ça allait être un désastre !

Winter posa les cartes.

— Je ne vois pas comment je pourrais passer une semaine dans le même hôtel que lui.

— Parce qu'on ne doit pas forcément tenir compte de son son ex-mari pour prendre des décisions, dit Jenny en haussant les épaules. C'est un grand hôtel, Winter. Tu n'es pas obligée de le voir si tu ne veux pas. Et si tu le fais... eh bien, ce n'est peut-être pas la pire des choses, de toute façon. Il est peut-être temps pour vous de tourner la page, enfin...

— Tourner la page ?

Oh ! mon Dieu, et si c'était ce que *Josh* voulait ? Et s'il voulait parler - parler vraiment - de ce qui s'était passé il y a cinq ans ?

Jenny lui suggérait de suivre une thérapie. Pour faire face sainement à la situation et passer à autre chose. Mais Winter avait toujours été plutôt du genre à enterrer les problèmes et à se réfugier dans l'oubli, ce qui lui avait bien réussi jusqu'à présent.

— Bien sûr, approuva Jenny, sans se rendre compte du tour terrifiant que prenaient les pensées de Winter. Vous travaillez tous les deux dans le cinéma, qui est un assez petit milieu, en fin de compte. Vous serez inévitablement amenés à vous croiser à l'avenir, et c'est d'ailleurs un miracle que cela ne soit pas déjà arrivé. Tu ne préfères pas maîtriser un peu vos retrouvailles ? Cela te permettrait d'évacuer le malaise et de passer vraiment à autre chose !

C'était mieux que de redouter à chaque instant de se retrouver face à Josh, songea Winter. Elle assumait ce qu'elle avait fait, et puis ce n'était pas comme si Josh pouvait l'*obliger* à parler du passé si elle ne le voulait pas. Jenny avait raison, l'hôtel était probablement immense. Elle se cacherait dans sa chambre après avoir assisté aux événements prévus par Liam, et le reste du temps il y aurait trop de monde pour que Josh essaye de l'approcher.

Elle effleura de la main le jeu de tarot.

— Je veux savoir ce qui va se passer si je vais en Islande.

— Ce n'est pas possible, expliqua Jenny. N'oublie pas que les cartes ne peuvent pas prédire l'avenir.

— Alors, à quoi servent-elles ?

— De points de départ, dit Jenny. Chaque carte possède une signification précise, qui doit susciter une réflexion. Tu tires une série de cartes et tu inventes une histoire en rapport avec ta vie actuelle. En fait, elles t'aident à orienter ton esprit vers les choses auxquelles tu dois penser, que tu dois prendre en considération pour aller de l'avant.

— Il ne s'agit donc pas vraiment des cartes, dit Winter.

— Non. Tout tourne autour de toi, acquiesça Jenny. Vois cela comme un avant-goût de la thérapie que tu n'as jamais suivie. Alors, tu as ta question ?

— Je pense que oui. Que dois-je faire ensuite ?

— Divise le paquet en deux et retourne la carte du dessus, dit Jenny.

Winter regarda l'image qui représentait des personnes nues sortant de leurs cercueils tandis qu'un ange jouait de la trompette au-dessus de leurs têtes.

— Des zombies ? devina-t-elle. Si je vais en Islande, je vais tomber sur des zombies ?

De nouveau, Jenny leva les yeux au ciel, puis tapota la carte du doigt.

— Mais non ! C'est le Jugement. La carte des conséquences et du bilan, mais aussi de la renaissance et de la métamorphose. Si je devais l'interpréter, je dirais que cette carte te demande si tu es prête à affronter ton passé et à appréhender l'avenir. Tu ne crois pas ?

— Si si...

Hélas, elle n'avait pas de réponse à cette question. Elle avait passé tellement de temps à éviter de penser au naufrage de son mariage, pour se concentrer sur le présent, sur sa carrière, sur ce qu'elle voulait faire ensuite… Elle avait rempli sa vie pour anesthésier la douleur…

Le simple fait de voir Josh allait faire resurgir des souvenirs douloureux, elle le savait. Était-elle prête à cela ?

Cela faisait cinq ans, maintenant. Peut-être que Jenny avait raison : il était temps. Tourner la page… C'est pour cela qu'elle allait en Islande. Il fallait saisir l'occasion de mettre enfin derrière elle tout ce qui s'était passé, plutôt que de l'enterrer profondément et d'espérer trouver du réconfort.

Cela pourrait être sa chance de *passer à autre chose* pour de bon, de ne plus être l'ex-femme de Josh Abraham, la femme brisée qui avait mis fin à leur mariage. Elle avait échoué en tant qu'épouse, mais maintenant, avec le succès de son film, sa carrière de réalisatrice nominée pour un prix prestigieux, il était temps de commencer à vivre sa vie. Sa nouvelle vie.

Cette semaine, en Islande, elle allait tirer un trait sur son passé, et partir vers de nouvelles aventures.

Elle se leva.

— Viens, dit-elle. Allons faire nos valises !

Les premiers invités de Liam devaient arriver le lendemain après-midi et, alors que ce moment approchait, Josh trouva tous les prétextes possibles pour traîner dans le hall de l'hôtel. Maintenant qu'il avait décidé d'affronter Winter, il était impatient de passer à l'action. Même si elle lui racontait dans les moindres détails pourquoi il avait échoué en tant que mari, au moins il saurait. Et c'était mieux que de ressasser toujours les mêmes questions, non ?

C'était décidé : il ne quitterait pas le hall avant son arrivée. Tout d'abord, il vérifia son emploi du temps des prochains jours. Liam avait organisé toutes sortes d'activités pour ses invités VIP cette semaine-là, afin de présenter tout ce que l'hôtel et la région avaient à offrir, et Josh avait égaré la liste.

Malheureusement, la réceptionniste, une jeune femme très efficace, la lui remplaça en quelques secondes, lui ôtant par là même toute raison de flâner dans le hall.

L'hôtel Ice House disposait d'un excellent café, meublé de chaises transparentes très design disposées autour de tables en marbre et entourées de plantes géantes. Josh commanda un café allongé et s'y installa pour lire le *New York Times*. Sa position lui offrait une vue panoramique sur le hall, et il pouvait surveiller toutes les allées et venues sans être vu.

Parfait !

Il vit trois taxis différents arriver, qui déposèrent deux journalistes, trois influenceurs et un acteur avec des lunettes noires qui le salua d'un signe de tête.

Mais Winter n'était pas là.

— Elle n'arrive qu'à 16 heures, tu sais…

En baissant son journal, Josh découvrit Liam, assis sur la chaise d'en face, qui lui souriait.

— Qui ça ? demanda-t-il, prenant l'air dégagé.

— Winter, répondit Liam. Apparemment, elle et son assistante viennent d'atterrir à l'aéroport de Reykjavik et devraient arriver d'ici une heure.

— D'ici là, j'aurai probablement fini mon café et regagné ma chambre, dit Josh. Mais on se croisera à un moment ou à un autre, c'est sûr.

Liam n'avait pas l'air convaincu, mais il se leva et se dirigea vers la réception pour accueillir quelques invités, tandis que Josh reprenait sa lecture.

Du moins, jusqu'à ce qu'on dépose une nouvelle tasse de café noir sur la table et que Liam s'assoie à nouveau en face de lui, sa propre tasse à la main.

— Comme ça, on a l'impression qu'on discute autour d'un café et pas que tu es assis là, tout seul, à attendre comme un idiot l'arrivée de ton ex-femme, lâcha-t-il.

Josh ne prit même pas la peine d'argumenter.

— Je veux juste en finir, tu sais. Surmonter la gêne des premiers instants...

Une fois cela passé, ils pourraient commencer à aborder les sujets sérieux.

— Je comprends, dit Liam en soufflant sur son café pour le refroidir, mais je n'arrive pas à croire que vous ne vous soyez pas revus depuis le divorce. Comment diable avez-vous réussi à faire ça ?

Josh haussa les épaules.

— J'ai été très occupé. Et elle aussi, je suppose.

Dans son cas, c'était tout à fait intentionnel. Après le divorce, il avait accepté quasiment tous les projets que lui avait proposés son agente, jusqu'à ce qu'elle lui conseille de ralentir. Mais il n'avait pas voulu l'écouter, et avait continué d'avancer.

L'action lui évitait de trop réfléchir, et c'était le seul moyen qu'il connaissait pour surmonter la douleur que lui avait infligée le départ de Winter.

Mais au bout d'environ deux ans, épuisé, il avait subi un burn-out, et avait passé des semaines entières dans la maison de sa mère, dans l'Ohio, à regarder son grand frère mener une vie de couple parfaite. Toutefois, lorsque Graham et Ashley lui avaient annoncé qu'ils attendaient un enfant, il avait craqué. Il avait appelé son agente pour lui dire qu'il était temps pour lui de revenir sur le devant de la scène.

Les projets qu'il avait acceptés au cours des deux dernières années visaient plus stratégiquement à enrichir son CV et à montrer l'étendue de ses talents d'acteur. Sitcoms, séries, films d'action, il avait tout fait. Il avait vendu la maison de Los Angeles et trouvé un appartement à New York. Lorsqu'il avait absolument besoin d'être en ville, il s'installait dans l'hôtel de Liam, sur les hauteurs de Hollywood.

Winter s'était retirée quelque temps, elle aussi, avant de réapparaître dans des films à la fois plus confidentiels et plus ambitieux. Le genre de films pour lesquels elle s'était toujours plainte de n'avoir pas été approchée car, à chaque fois, on leur avait proposé de jouer ensemble dans une énième comédie romantique. Puis elle était passée derrière la caméra avec son premier film, *Another Time and Place*. Après cette nomination, elle aurait sans doute plus de mal à se tenir à l'écart des mondanités hollywoodiennes. Ce succès la ramenait sur le devant de la scène.

Ce qui signifiait aussi que les chances qu'ils tombent l'un sur l'autre augmentaient.

Josh devait admettre qu'il était préférable que leurs retrouvailles aient lieu ici, sous le regard bienveillant de Liam et sous les flashs des journalistes spécialisés. Il espérait qu'elle partageait son avis.

Un nouveau taxi s'arrêta devant la large façade vitrée de l'hôtel, et Josh leva brusquement les yeux de son journal. Cette fois, il reconnut Winter à l'intérieur de la voiture, avant de voir Jenny en sortir et lui ouvrir la portière.

Winter...

Elle descendit du véhicule et, un sourire aux lèvres, jeta

un coup d'œil autour d'elle. Si elle était aussi nerveuse de le revoir qu'il l'était lui-même, elle n'en laissait rien paraître. Des lunettes de soleil dissimulaient ses yeux verts, mais sa bouche était aussi pulpeuse que dans son souvenir. Ses cheveux noirs lui arrivaient presque aux épaules maintenant, au lieu de la coupe courte qu'elle portait lors de leur rencontre, et cela lui allait bien.

— Arrête de la fixer, murmura Liam.

Josh ignora la remarque de son ami et continua à dévorer son ex-femme du regard.

Dès qu'elle le vit, il se figea. Elle se tournait vers l'hôtel en riant de quelque chose que Jenny avait dit quand leurs regards se croisèrent.

Son sourire insouciant disparut aussitôt, remplacé par ce qu'il appelait son « sourire de caméra ». Celui qu'elle arborait parce que c'était ce qu'on attendait d'elle, et qui n'avait rien à voir avec les sentiments qu'elle éprouvait à cet instant.

Il méritait mieux que ça. Comme il s'apprêtait à se lever, la main de Liam sur son bras l'en empêcha.

— L'escalier, marmonna Liam, énigmatique.

Josh se dirigea vers l'escalier de verre et d'acier qui occupait le hall central. Trois femmes en descendaient les marches et, téléphones à la main, photographiaient l'entrée de l'hôtel sous toutes les coutures.

Il ne voulait pas qu'elles le surprennent en train de fuir son ex-femme, ni qu'elles soient témoins de sa rencontre avec Winter. Il opta donc pour la seconde solution.

C'était un moindre mal.

Josh serra les dents, se leva lentement et suivit Liam pour aller accueillir ses invitées à l'entrée de l'hôtel.

3

— Il est là. Dans le hall, murmura Winter.

— Très bien ! lança Jenny. Comme ça, on en finit vite avec tout ça et on profite de notre semaine de détente entre filles, d'accord ?

Jenny, qui tenait la porte et leurs deux sacs de voyage, souriait toujours. Qu'elle soit maudite ! Winter adorait son assistante, qu'elle considérait plus comme sa meilleure amie que comme une employée. Mais elle avait parfois du mal à supporter son optimisme à toute épreuve.

Et pourtant, elle avait raison : il était inutile de stresser. Winter redressa donc les épaules et continua d'avancer.

— Tu dois vraiment être très attendue, car le patron en personne est venu te saluer, souffla Jenny en voyant s'approcher Liam et Josh. Tu as droit au traitement VIP !

Winter sourit. Liam et elle avaient été proches autrefois, et elle était heureuse que leur amitié n'ait pas fait les frais de son divorce.

Même si, apparemment, elle devait encore partager cet ami avec son ex-mari.

Liam s'avança et l'enveloppa dans l'une de ces étreintes qui vous donnait l'impression d'être le centre de son univers l'espace d'un moment, et Winter s'y abandonna.

— Tu as réussi ! Je suis tellement content que tu sois là !

— Merci de nous avoir invitées, répondit Winter. Je pense... Je pense que c'est exactement ce dont j'avais besoin en ce moment.

Elle n'avait pas l'intention de regarder par-dessus son épaule. Ni de fixer Josh pour se rendre compte qu'il la fixait lui aussi. Elle n'avait pas non plus l'intention de capter et de retenir son regard.

Mais elle le fit malgré elle.

Et elle comprit à ce moment-là que Jenny avait raison, tout comme ses fichues cartes de tarot : elle avait besoin de tourner la page si elle voulait aller de l'avant. Elle avait reconstruit sa vie, sa carrière, tout, mais une part d'elle-même n'avait jamais quitté ce passé qu'elle avait fui. Elle était restée dans cette maison de Los Angeles le jour où elle avait abandonné son mariage.

Pendant longtemps, elle avait craint d'avoir laissé son cœur derrière elle. D'avoir renoncé à l'amour en quittant Josh, et de s'être condamnée à la solitude.

Maintenant, elle pensait qu'il y avait peut-être encore de l'espoir. L'espoir d'une vie et d'un avenir meilleurs.

Pour cela, il fallait être capable d'affronter Josh. De lui faire face, car il faisait partie de son histoire et était pour beaucoup dans la femme qu'elle était aujourd'hui mais qui n'avait plus d'influence sur celle qu'elle choisirait désormais d'être.

Winter se dégagea de l'étreinte de Liam et s'apprêta à faire un pas vers Josh lorsque Liam déclara :

— Et vous devez être la charmante Jenny dont j'ai tant entendu parler ! J'espère que vous savez que je suis tout à votre service pendant votre séjour ici.

Comme Winter n'avait quasiment jamais parlé à Liam de son assistante, elle haussa les sourcils, mais déjà il avait saisi la main de Jenny et la portait à ses lèvres.

Oh ! non ! Il n'allait tout de même pas...

Heureusement, Jenny était en mesure de résister à l'opération de charme de Liam, et le prit au mot.

— Parfait ! dit-elle en retirant sa main pour lui tendre les sacs de voyage. Pouvez-vous nous montrer nos chambres ?

Liam parut légèrement surpris d'être rétrogradé au rang de garçon d'étage, mais il décida de prendre la chose avec humour.

— Je vous prie de me suivre, madame, dit-il avec un sourire malicieux et en se dirigeant vers les ascenseurs.

Winter aurait voulu le suivre, mais le regard que Josh lui lança la retint un instant de trop. Déjà, Liam et Jenny avaient disparu, remplacés par trois jeunes femmes blondes qui la photographiaient, réalisa-t-elle avec consternation.

— Je n'arrive pas à croire que vous êtes là tous les deux ! lança l'une d'elles.

Elle s'immisça entre Josh et elle, et tendit le bras pour prendre un selfie. Surprise, Winter la laissa faire.

Parce que c'était son rôle. Josh et elle étaient des célébrités, des acteurs. Des biens publics, en quelque sorte.

Peu importe qu'ils ne se soient pas parlé depuis cinq ans, qu'ils aient des choses à régler en privé. Quelqu'un voulait un selfie, et cela l'emportait sur tout le reste...

Chacune des compagnes de la jeune femme réclama elle aussi son cliché, puis invita la réceptionniste à prendre une photo de groupe. Winter s'efforça de garder le sourire tout au long de l'épreuve, mais elle vit que Josh n'appréciait pas plus qu'elle la situation.

Mais c'était la règle du jeu, et elle s'y plia en s'efforçant de ne pas laisser paraître son agacement.

Cet épisode fit resurgir des souvenirs de leur mariage, quand elle avait commencé à avoir l'impression que la véritable Winter avait disparu derrière le masque parfait de la « Celebrity Wife » que les gens exigeaient de voir. Elle était devenue l'héroïne presque invisible d'un conte de fées. Tout ce qui comptait, c'était l'anecdote : leur coup de foudre sur le plateau de tournage et la phrase que Josh avait dite à Liam, qui se trouvait près de lui sur le plateau.

« Je vais épouser cette femme »...

Le conte de fées était une belle histoire, Winter le savait. Depuis leur premier rendez-vous dès la fin du tournage, jusqu'à leurs fiançailles six mois plus tard, et le grand mariage qui avait suivi. Ils étaient jeunes et amoureux, et à l'époque elle remarquait à peine que le monde entier les observait.

Personne ne *lui* avait demandé ce qu'elle avait dit lorsqu'elle avait croisé le regard de Josh pour la première fois. Elle aurait préféré vivre cette idylle en toute intimité, mais on n'avait pas pris la peine de recueillir son avis...

Les attentes du public à l'égard de leur couple avaient été si élevées dès le départ qu'il n'était pas étonnant qu'ils aient échoué. Ce sentiment d'être sans cesse épiés, jugés, comme si leur image était plus importante que leurs désirs propres, que leur être profond, avait achevé de leur faire perdre pied.

Comment auraient-ils pu se rapprocher, s'entraider et se soutenir l'un l'autre dans les moments difficiles, alors qu'ils jouaient tous les deux un rôle ?

La première femme, qui se présenta sous le nom de Sarra, s'exclama :

— Cela me fait plaisir de vous revoir tous les deux ensemble ! Avant de vous connaître, je n'avais jamais eu de coup de foudre pour un couple, vous savez ? J'ai eu le *cœur brisé* quand vous vous êtes séparés. Et maintenant...

Elle les regarda tous les deux, un éclair de fierté dans les yeux.

— C'est merveilleux ! J'ai hâte de poster la photo sur mon blog !

Les yeux écarquillés, Winter vit la panique envahir le visage de Josh.

— Oh ! non, Sarra, bredouilla-t-elle, nous ne sommes pas... Nous sommes tous les deux de vieux amis de Liam et nous sommes venus ici pour le soutenir. Séparément.

— Oui, c'est cela, ajouta Josh en hochant la tête avec force. Nous sommes restés... amis.

— Oui, amis, répéta Winter d'un ton qu'elle aurait souhaité plus convaincant.

Comme elle aurait voulu, en cet instant, avoir autant de répartie que sa fidèle assistante ! Celle-ci aurait sans doute trouvé les mots pour éconduire en douceur cette importune.

Mais l'enthousiasme de Sarra ne semblait pas le moins du monde entamé par leurs dénégations. Au contraire, même.

— Eh bien, c'est un endroit très romantique, vous ne trouvez pas ? J'espère que vous l'apprécierez tous les deux. Nous allons essayer le spa. J'ai entendu dire qu'ils faisaient des massages pour couples... Peut-être qu'on se reverra plus tard ?

Avec un dernier haussement suggestif des sourcils, Sarra partit rejoindre ses amies, et Winter s'éloigna instinctivement de son ex-mari, avec qui elle n'avait pas encore échangé un seul mot, réalisa-t-elle soudain.

Elle avait pourtant préparé tout un discours, dans l'avion, en vue de ces retrouvailles. Mais elle ne s'en rappelait plus un seul mot. De toute façon, c'était déjà trop tard, et l'occasion était passée.

Quand Josh leva les yeux vers elle, Winter déglutit avec peine. Les mots qu'elle n'avait jamais prononcés – pas seulement aujourd'hui, mais il y a cinq ans – restaient bloqués dans sa gorge, et soudain elle n'avait plus envie de dire quoi que ce soit.

Sans un mot, elle tourna les talons et se dirigea tout droit vers la réception, tout à sa hâte de gagner sa chambre pour pleurer tout son soûl.

Stupéfait, Josh regarda Winter s'éloigner, une fois de plus. Il aurait voulu la suivre, mais ses pieds restaient désespérément cloués au sol.

Il n'avait pas bougé d'un pouce lorsque Liam revint, quelques instants plus tard, délesté des bagages des deux femmes.

— Voilà ! s'écria-t-il, satisfait. Elles sont bien installées dans leur suite. J'ai vu Winter en sortant. Elle avait l'air… bien. Tout s'est bien passé, avec ces influenceuses ? Je suis désolé de t'avoir planté là. Je crois que je me suis laissé entraîner…

— Ce n'est pas grave. Jenny a toujours été dotée d'une force de persuasion impressionnante, dit Josh avec un clin d'œil.

Finalement, il était presque rassuré que Winter soit partie. Au moins, elle n'était pas seule – Jenny était à ses côtés, et cela était un atout majeur. Quel dommage que ces influenceuses se soient trouvées dans le hall juste à ce moment-là !

— Peut-être devriez-vous faire en sorte que votre prochaine rencontre soit plus… intime ? suggéra Liam. L'hôtel offre plein de coins tranquilles et isolés. Il suffit d'envoyer un message à Winter pour lui demander de te rejoindre quelque part, peut-être ?

Peut-être. Ce n'était pas une *mauvaise* idée. Ils avaient

besoin de parler avant leur prochaine apparition publique. Mais il ignorait ce qu'il ferait si elle répondait par un non catégorique.

Liam posa une main sur l'épaule de Josh.

— Si tu allais te détendre un peu ? Va donc faire trempette dans la *superbe* piscine géothermique de ta suite ! Et réfléchis. D'accord ?

Bonne idée, songea Josh. Liam lui avait offert l'une des meilleures suites de l'hôtel, et il avait bien l'intention d'en profiter. Et il avait besoin de réfléchir, en effet.

— Oui, d'accord.

Il réussit à éviter les autres invités en retournant dans sa chambre, mais il ne put échapper à ses propres pensées. Il ne pouvait pas nier que revoir Winter l'avait affecté, surtout maintenant qu'il n'y avait plus personne pour le distraire.

Elle était toujours aussi belle. Lorsque ses yeux avaient croisé les siens, il avait ressenti la même chose que sur ce plateau de tournage, huit ans auparavant : un mélange d'excitation, de joie brute, d'attirance et... de plénitude.

Sauf que Winter n'était plus rien pour lui.

Comment était-il censé tourner la page et aller de l'avant, alors qu'il la désirait encore si fort ?

Sa suite se trouvait au rez-de-chaussée, à l'arrière de l'hôtel, et comprenait une chambre, une salle de bains attenante et un salon avec canapé, table basse, bureau et machine à café. La décoration de style scandinave était apaisante, avec ses murs gris pâle, ses textiles pastel et le bois clair des meubles. Contre le mur extérieur, il y avait même un poêle à bois pour se protéger du froid de février.

De grandes baies vitrées donnaient sur les montagnes enneigées au loin, qui contrastaient avec les couleurs terreuses des roches volcaniques entourant l'hôtel et le bleu vif du lagon.

Il ne pouvait qu'admirer l'attention que Liam avait portée aux détails. Cet endroit était vraiment idéal pour se détendre et se ressourcer.

Ou, du moins, il l'aurait été sans les cris qui provenaient de la suite voisine.

Crier lui fit du bien, mais cela ne changeait rien, et Winter avait mal à la gorge. Elle s'arrêta, posa les mains sur ses hanches et admira la vue sur les montagnes et le lagon dont Liam lui avait vanté la beauté lorsqu'il l'avait persuadée d'accepter son invitation.

Jenny, assise sur le canapé de leur suite, écarta prudemment les mains de ses oreilles.

— Tu ne cries plus ? Cela m'inquiète !

— Je réfléchis.

— Cela ne fait qu'empirer les choses, asséna Jenny en la rejoignant pour regarder le paysage. Alors, à quoi penses-tu ?

— Je pense qu'un bain dans le lagon me ferait le plus grand bien.

— Bonne idée, dit Jenny. Ton maillot de bain est dans le tiroir du haut, à gauche de la commode...

C'était un peu triste de voir à quel point elle dépendait de Jenny ces jours-ci, songea Winter en enfilant un deux-pièces noir minimaliste. Une assistante était censée aider, mais certains jours Winter se disait que, sans elle, elle se serait effondrée depuis longtemps.

Elle prit une serviette moelleuse dans la pile de la grande salle de bains et retourna dans le salon, surprise de voir

Jenny encore habillée, avec son ordinateur portable, en train de répondre à un message.

— Tu ne viens pas ?

La jeune femme secoua la tête et glissa son téléphone dans sa poche.

— En fait, je vais trouver un endroit tranquille avec un bon café pour envoyer quelques mails.

Winter fronça les sourcils.

— Tu as besoin de moi ?

— Je m'en occupe. Va plutôt te baigner ! dit Jenny en se dirigeant vers la porte, son ordinateur portable sous le bras.

Après avoir enfilé le luxueux peignoir fourni par l'hôtel, ainsi que les pantoufles assorties, Winter sortit sur la terrasse. Elle frissonna dans l'air froid de l'hiver, mais des nuages de vapeur s'élevaient du grand lagon dont les eaux turquoise dégageaient une légère odeur de soufre. Autour d'elle, un léger brouillard flottait dans l'air – créé par la rencontre de l'eau chaude et de l'air glacé, supposa-t-elle.

Elle avait l'impression d'être dans un autre monde, tout à coup, un univers étrange, presque magique. Comme elle jetait un coup d'œil derrière elle, elle perçut un mouvement du côté de la suite voisine.

Liam ne lui avait pas dit qu'elle partagerait sa piscine privée avec un autre invité !

C'est alors que les portes de la suite s'ouvrirent sur Josh, qui lui fit un discret signe de la main.

— Bonjour, Winter, dit-il avec sur le visage ce qui ressemblait à un sourire d'excuse.

Elle le fixa avec stupeur, tandis qu'un sentiment de trahison s'emparait d'elle. Non seulement Liam ne lui avait pas dit que son ex-mari serait là cette semaine, mais il l'avait installé dans la suite voisine de la sienne !

— Je vais tuer Liam…, murmura-t-elle pour elle-même.

Puis, parce qu'il faisait très froid et qu'il s'agissait de *sa* piscine privée, alimentée par l'eau sulfureuse du lagon, elle retira son peignoir et entra dans l'eau.

L'espace d'une seconde, elle avait cru l'entendre soupirer à la vue de son bikini. Mais ce soupir s'était rapidement effacé derrière le son de son propre souffle alors qu'elle s'immergeait dans l'eau.

Alimentée par le lagon voisin, la piscine était *chaude*. Vraiment chaude. Et apaisante… Les yeux fermés, elle s'allongea et se laissa flotter. Si elle pouvait rester dans cette eau pour toujours, oublierait-elle son ex-mari et son futur ex-ami ?

— C'est merveilleux, hein ?

Elle ouvrit les yeux et vit Josh allongé sur un transat, sur la terrasse qui surplombait le lagon.

— Tu t'es déjà baigné ? demanda-t-elle.

Josh acquiesça.

— Je suis ici depuis quelques jours. Je suis désolé. J'ignorais que Liam ne t'avait pas averti de ma présence avant ta conférence de presse d'hier.

Surprise, Winter s'efforça de n'en rien laisser paraître et lança d'un ton anodin :

— Tu as regardé ma conférence de presse ?

Elle avait déjà deviné que Liam ne lui avait rien dit de sa présence ici. Au cours des cinq dernières années, Josh avait tout fait pour l'éviter, et son commentaire sur la conférence de presse la prenait au dépourvu.

Il lui adressa un rapide sourire – celui qu'on voyait sur les écrans de cinéma du monde entier, et sans doute aussi sur bon nombre de fonds d'écran de téléphone.

— Bien sûr que je l'ai regardée ! Nomination pour le

prix de meilleure réalisatrice ? Winter, c'est incroyable ! Bien sûr que je l'ai regardée ! répéta-t-il.

La chaleur qui envahit soudain sa poitrine était entièrement due aux propriétés géothermiques du lagon, elle en était certaine. Tout comme le léger pincement au cœur qui l'accompagnait.

Rien à voir, donc, avec l'homme qui lui souriait, ni avec la fierté qu'elle percevait dans sa voix. Il reconnaissait tout ce pour quoi elle avait travaillé si dur depuis qu'ils s'étaient quittés. Et puis, c'était la première conversation courtoise qu'ils avaient réussi à avoir depuis des années ! Elle avait presque l'impression, tout à coup, qu'il lui avait tout pardonné… et qu'elle-même avait oublié ses griefs à son égard. Mais c'était impossible, bien sûr.

— Alors, à quoi joue donc Liam, à ton avis ? lança-t-elle sans réfléchir.

Elle avait voulu changer de sujet, mais se rendit compte qu'elle risquait d'empirer les choses.

— Aux entremetteurs, probablement, répondit Josh.

L'étrange rictus qui lui tordit la bouche lui indiqua qu'il n'appréciait pas plus qu'elle le comportement de leur ami.

— Cela ne lui ressemble pas vraiment. Mais depuis l'accident…

— Oui, acquiesça-t-elle alors qu'il s'éloignait. J'imagine que ce genre de difficultés change les gens.

Elle se sentait coupable de ne pas avoir soutenu Liam dans ces moments difficiles. Non seulement elle avait été une mauvaise épouse mais en tant qu'amie elle n'avait pas non plus été à la hauteur…

Mais elle était une bonne réalisatrice, comme le montrait sa récente nomination, et elle avait toujours été persuadée qu'il fallait s'appuyer sur ses forces plutôt que de s'attarder sur ses faiblesses, se dit-elle pour se consoler.

— Alors, comment veux-tu faire ? reprit Josh. Je peux toujours demander une autre chambre à Liam, si tu veux que je déménage. Mais je pense que l'hôtel est plutôt bondé cette semaine…

Bien sûr que l'hôtel était bondé ! C'était la semaine la plus importante de l'année pour Liam, qui accueillait stars, journalistes et influenceurs pour faire la promotion de son nouvel établissement dans l'espoir de lui donner une visibilité internationale…

Winter savait qu'elle et Josh étaient ici pour être vus, au même titre que les autres amis et connaissances de Liam présents pour l'événement. Ils avaient tous deux investi dans sa société depuis le début, et avaient donc eux aussi intérêt à ce que cette opération soit un succès.

Mais soutenir Liam impliquait aussi de supporter la présente toute proche de son ex-mari, même si cela était frustrant au plus haut point, songea Winter. Et puis, elle était venue ici pour tourner la page, n'est-ce pas ? Et se donner une chance de pouvoir enfin aller de l'avant.

L'oubli était sans doute impossible, mais le pardon pouvait-il être à leur portée ? Winter savait qu'elle avait beaucoup à se faire pardonner, même s'il y avait des choses qu'elle ne pourrait jamais se pardonner à elle-même. Quant à Josh… peut-être avait-il lui aussi besoin de passer à autre chose.

Peut-être pourraient-ils tous deux trouver ici ce qu'ils étaient venus y chercher : un nouveau départ. À condition d'être prêts à affronter les démons qui les avaient séparés il y a cinq ans.

Persuadée d'avoir fait le bon choix, Winter leva les yeux vers Josh pour lui répondre.

4

En découvrant l'expression du visage de Winter, Josh songea qu'il devait se tenir prêt à faire ses valises. Puis son agacement se mua en quelque chose qui tenait davantage de la frustration, et il la vit secouer doucement la tête.

— Non, ce n'est pas la peine…

Elle sortit les épaules de l'eau, et Josh essaya de ne pas fixer sa peau nue, incroyablement proche et tentante. Pas question de se laisser distraire !

Si je veux tourner la page, il faut que je cesse d'avoir envie d'elle…

— Si Liam installe un autre client dans cette suite à ta place, je serai obligée de partager ce magnifique lagon avec quelqu'un que je ne connais même pas ! déplora-t-elle.

Il était sur le point de suggérer d'emménager dans la suite de Liam avec lui, même s'il n'en avait pas vraiment envie, lorsque Winter reprit la parole, ce qui le surprit.

— Et qui sait ? Ça pourrait même être… bien, d'être voisins ?

— Bien ? répéta-t-il.

Décidément, il allait de surprise en surprise ! songea Josh, qui faillit basculer dans la piscine. C'était comme si elle avait oublié tout ce qui s'était passé entre eux. Oublié à quel point il avait échoué en tant que mari. Bon sang ! Il l'avait presque repoussée.

— Comment ça, bien ? reprit-il.

Winter haussa les épaules, créant une onde autour de son corps, puis s'enfonça de nouveau jusqu'au cou dans l'eau bleue. Cinq ans après leur séparation, elle était toujours la plus belle femme qu'il ait jamais vue. La femme dont il était tombé éperdument amoureux, tellement amoureux qu'il en avait presque perdu la raison.

— Alors nous sommes tous les deux coincés ici pour toute la semaine, c'est ça ? dit-elle avec une légèreté feinte. Je me suis laissé dire que notre relation s'était terminée...

Elle fit une grimace, cherchant le mot juste.

— ... sans une explication digne de ce nom ?

Elle hocha la tête.

— Exactement. Et sans qu'aucun de nous ne prononce les mots dont chacun a besoin pour pouvoir poursuivre sereinement son chemin, ajouta-t-elle.

— C'est évident, acquiesça Josh. Mais cela me fait penser que ce n'est pas pour jouer les entremetteurs que Liam nous a attribué ces chambres, mais plutôt... pour tenter de nous réconcilier ?

— Oui, c'est un peu différent, en effet !

Winter laissa échapper un petit rire, et il eut l'impression qu'un grand soleil se levait sur le lagon.

— Tu crois qu'il essaye de nous dire qu'il faut... redevenir amis ?

— Oui. De son point de vue, les choses entre nous sont restées en suspens lorsque tu...

Il s'interrompit, incapable de terminer sa phrase, submergé par la vague d'émotion qui déferlait soudain en lui.

Elle vint à sa rescousse.

— ... quand je suis partie, acheva-t-elle à sa place, sans rire, cette fois. Oui, c'est vrai, il a raison.

— Je pense qu'il espère que nous pourrons au moins nous parler, dit Josh. Trouver des réponses à toutes nos questions et revenir sur ce qui s'est mal passé, pour... essayer de faire les choses correctement, la prochaine fois ?

Elle releva brusquement la tête et répéta :

— La prochaine fois ?

— Oui. Lorsque nous nous engagerons dans... une nouvelle relation, précisa-t-il d'un ton précipité. Je veux dire que c'est une façon pour nous d'avancer l'un par rapport à l'autre. Je ne sais pas ce qu'il en est pour toi, mais pour ma part le divorce m'a rendu un peu méfiant à l'égard de l'amour. C'est le moins que l'on puisse dire.

Il voulait connaître de nouveau l'amour que ses parents avaient partagé, que son frère avait trouvé lui aussi. Mais sans savoir ce qu'il avait mal géré la dernière fois, il ne pouvait pas se permettre de prendre le risque que cela se reproduise.

Josh savait que cela lui ferait mal de revenir sur sa relation avec Winter, et surtout de revivre les derniers mois terrifiants et déchirants qu'ils avaient passés ensemble.

Mais il serait encore plus douloureux de ne jamais tourner la page.

— Alors maintenant, tu es prêt à te remarier ? À chercher Mme Abraham numéro deux ?

Elle avait lancé cela sur le ton de la plaisanterie, comme si elle se réjouissait qu'une autre prenne bientôt sa place dans son cœur. Comme s'il lui était devenu indifférent.

— Dans la mesure où tu as gardé ton nom en m'épousant, il s'agirait plutôt de Mme Abraham numéro un, souligna-t-il sur le même ton, même si, au fond de lui, il était triste à mourir.

— Tu as raison, dit Winter avec un sourire de façade. Mais l'important, c'est de tourner la page, n'est-ce pas ? Une fois que nous aurons parlé de tout ça, nous pourrons passer à autre chose.

— Il semble que ce soit le plan de Liam, en tout cas.

— Dans ce cas, il est logique que nous gardions nos chambres, reprit Winter. C'est probablement le meilleur endroit pour parler et... personnellement, je préférerais que tout cela reste entre nous. Je n'ai pas envie que quiconque surprenne nos conversations. Au cas où tu ne l'aurais pas remarqué, l'hôtel est plein de paparazzis et d'influenceurs...

— ... qui se feraient un plaisir de diffuser dans le monde entier le résumé de nos échanges, photos à l'appui ! acheva Josh dans un soupir. Tu as raison. Il vaut mieux se mettre à l'abri et discuter en toute intimité.

Maintenant qu'il était célibataire, il ne pouvait plus supporter de lire des articles sur son cœur brisé, ni de voir que des inconnus spéculaient sur son avenir sentimental.

— Tout à fait, approuva Winter avec un hochement de tête enthousiaste. Alors... on reste discrets ?

— Oui, mais... quand nous serons en public, et que tout le monde nous observera, on fait quoi ? demanda Josh. On fait semblant de se détester ?

Winter fit quelques brasses avant de répondre :

— Je ne pense pas qu'il soit nécessaire d'aller aussi loin.

Troublé par la vision de son corps presque nu qu'il devinait sous l'eau, Josh tenta de réfléchir, et y renonça.

Pour une fois, il était heureux qu'il fasse froid, et que sa réaction à la vue de son ex-femme se prélassant dans l'eau chaude dans un simple deux-pièces noir reste cachée.

Il se contenta donc d'attendre sa réponse en dansant d'un pied sur l'autre pour tenter de masquer son embarras.

— Cela dépend de ce que nous voulons que le public pense de nous, après cette semaine, dit-elle d'un air pensif. Tu ne crois pas ?

— Absolument, répondit Josh, toujours distrait.

— Nous voulons qu'ils pensent que nous sommes avant tout des professionnels, et des adultes responsables et maîtres de leurs émotions, poursuivit Winter. Ce qui signifie que nous devons nous comporter de façon bienveillante l'un envers l'autre. Non ?

— Si, bien sûr.

Il fallait tourner la page, et en même temps écrire un tout nouveau chapitre de leur histoire, résuma Josh pour lui-même. Mais, même s'il en était convaincu, les souvenirs qui remontaient à la surface rendaient cet exercice pour le moins difficile.

— C'est réglé, alors...

Winter lui sourit, et il tenta de chasser les images de leurs corps enlacés pour se concentrer sur leur accord.

— Alors si je comprends bien, nous devons nous comporter comme de simples amis en public, des amis... pas trop proches, c'est ça ?

Cela, il pouvait le faire. Il poursuivit :

— Et une fois de retour ici, nous pourrons parler. Trouver la conclusion qui nous échappe encore à tous les deux.

Le visage de Winter lorsqu'il prononça le mot de « conclusion » montra à Josh qu'elle n'était pas tout à fait convaincue d'en avoir besoin.

Pourtant, c'était le cas, et de plus en plus. Puisque l'occasion lui était donnée de passer du temps avec cette femme, et peut-être même de comprendre exactement ce qu'il avait raté dans leur mariage... eh bien, il serait stupide de la refuser !

Peut-être que Liam avait raison, et qu'il pourrait vraiment

retrouver l'amour. Le genre de sentiments que ses parents avaient partagés, que son frère et Ashley partageaient. Le véritable amour, celui qui durait.

Cela valait bien quelques conversations difficiles, n'est-ce pas ?

Une heure plus tard, la peau rosie par son bain dans le lagon, Winter se faufila dans les couloirs de l'hôtel jusqu'au hall principal, à la recherche de son assistante – et d'un chocolat chaud. Elle avait paressé dans l'eau après sa conversation avec Josh, bercée par l'air pur, l'eau chaude et le ciel gris et lourd…

Elle était contente d'être venue, malgré ses réticences initiales. Peut-être que Jenny avait raison, et qu'en finir avec Josh une bonne fois pour toutes la soulagerait. Mais, plus encore, le fait de ralentir le rythme, de se détendre pour tenter d'oublier ses soucis – avant la prochaine vague de chaos – ne pouvait qu'être bénéfique.

Elle n'avait jamais été particulièrement douée pour se ménager, sauf lorsque les circonstances l'y obligeaient. Mais elle savait, par expérience, que ne pas donner à son corps ce dont il avait besoin au moment où il en avait besoin n'était pas une bonne chose. Elle essayait donc de faire une pause de temps en temps, pour apaiser son esprit.

Quand elle arriva dans le grand espace du hall principal, entouré d'immenses murs de verre, elle esquissa un sourire satisfait. Tout semblait si… ouvert, ici. Comme si tout était possible. Et elle appréciait beaucoup cette ambiance.

Un peu surprise de découvrir Jenny assise au bar avec Liam, elle les rejoignit et prit place sur une chaise vide, à leur table.

— Est-ce qu'on sert un bon chocolat chaud, ici ? demanda-t-elle.

— Le meilleur du monde, répondit Liam en levant la main pour faire signe à un serveur.

Mais déjà, Jenny s'était levée.

— Je m'en occupe, boss ! dit-elle en se précipitant vers le comptoir.

— Alors, comment trouves-tu ta suite ? lança Liam avec un sourire complice, adossé à sa chaise, ses longues jambes étendues devant lui, les bras croisés sur la poitrine. Jenny m'a dit que tu t'étais baignée. C'était bien ?

Winter résista à l'envie de le fusiller du regard.

— Moins tranquille que prévu.

— Ah !

Son sourire se mua en une grimace amusée.

— Tu as rencontré ton voisin, alors ?

— Tu veux dire mon ex-mari ?

— Oui. Et alors ? insista Liam.

Winter laissa échapper un soupir agacé.

— Et alors quoi ? Qu'est-ce que tu imagines qu'il s'est passé ? Que nous avons tout à coup pris conscience de notre erreur et sommes tombés dans les bras l'un de l'autre ?

— On peut toujours rêver, non ?

— Je doute sérieusement que *tes* rêves concernent *ma* vie amoureuse, répliqua Winter, acerbe.

— D'accord. Est-ce que la meilleure suite de mon hôtel est encore debout, ou dois-je faire venir les maçons ? demanda Liam, avant d'ajouter, plus bas : Jenny m'a parlé de cris...

Winter lança un regard noir à son assistante, occupée à commander un chocolat chaud.

— Jenny ferait mieux de ne pas oublier le contrat de confidentialité qu'elle a signé, et de se montrer plus discrète !

Liam lâcha un petit rire.

— Je pense qu'après cinq ans elle te connaît assez bien pour savoir que tu ne la poursuivras pas en justice. D'ailleurs, de mon point de vue, elle en sait trop pour que tu puisses prendre le risque de la renvoyer.

De plus, Jenny était la meilleure assistante de Hollywood. Tout le monde le savait.

Soudain, le rendez-vous de Liam et de Jenny prit tout son sens. Les yeux plissés, elle lança :

— Tu veux me la voler !

Liam leva les mains et clama son innocence.

— Je te jure que je n'ai aucune idée de ce dont tu parles. Je sais à quel point Jenny compte pour toi, et je ne ferais pas ça.

Si Liam ne voulait pas débaucher Jenny, alors cela signifiait…

— Vous êtes de mèche tous les deux, c'est ça ? Vous m'avez piégée !

Comme Jenny regagnait leur table avec son chocolat, elle ajouta :

— Tu savais que Josh occuperait la suite voisine de la mienne, n'est-ce pas ?

Mal à l'aise, Jenny regarda Liam et haussa les épaules.

— Je t'ai dit que je ne lui mentirai pas.

Puis elle se tourna vers Winter et dit :

— Je te jure que je l'ignorais jusqu'à ce que nous arrivions ici cet après-midi. Liam me l'a annoncé en me montrant notre chambre.

— C’est donc ça, ton plan ! lança Winter à Liam. Puis-je te demander ce que tu espères ?

Une ombre se dessina sur la table et, en levant les yeux, elle découvrit Josh, qui y prit place à son tour. Tout cela ressemblait plus que jamais à une conspiration.

5

Liam avait prévu un programme complet d'activités pour la semaine, afin de présenter l'hôtel et ses environs sous leur meilleur jour. C'est ainsi que Josh se retrouva, le lendemain matin, au buffet du petit déjeuner bien plus tôt que de raison.

Dehors, le soleil n'avait pas encore fait son apparition, même si cela avait plus à voir avec la situation géographique qu'avec l'heure. Pourtant, au vu des bâillements de ses compagnons, il se doutait bien qu'il n'était pas le seul à regretter d'avoir commencé si tôt.

Leur hôte, quant à lui, semblait de bonne humeur et se promenait dans la salle de restaurant, qui offrait une vue splendide sur les montagnes glacées, en plaisantant avec ses invités.

Josh s'apprêtait à trouver une table isolée où il pourrait échapper à l'exubérance matinale de son ami lorsqu'il aperçut une chevelure brune qui lui était familière.

Winter... Elle était habillée très chaudement, comme tout le monde, et semblait prête pour les aventures de la journée : une écharpe et un bonnet dépassaient du sac qu'elle portait en bandoulière. Josh hésita. Ils n'avaient pas beaucoup parlé la veille, avec Liam et Jenny, et, lorsqu'il était sorti pour profiter du lagon ce soir-là, elle ne l'avait pas rejoint. Mais s'ils devaient être amis – ou même simplement donner le change en public –, ne devrait-il pas lui demander de se joindre à lui ?

À en juger par son expression, il n'était pas sûr que sa demande soit appréciée. Il décida donc de s'abstenir pour l'instant, et continua de l'observer de loin.

Jenny se tenait à côté d'elle et bâillait sans cesse. Mais alors qu'elle avait une assiette pleine devant elle, celle de Winter restait vide. Lorsqu'elle détourna la tête, il vit la tension sur son visage et le sourire forcé sur ses lèvres.

Il jeta un œil au buffet du petit déjeuner et trouva la raison probable de son malaise.

Le poisson fumé...

Cinq ans n'avaient pas effacé les souvenirs, semblait-il. Même les plus insignifiants.

N'écoutant que son instinct, il s'élança et prit le bras de Jenny qui lui offrit un large sourire

— Bonjour, mesdames ! C'est vous que je cherchais. J'ai trouvé la table *parfaite*, juste là-bas...

Il désigna vaguement une table près de la fenêtre et espéra que personne ne s'y installerait avant eux.

— Pourquoi n'iriez-vous pas vous asseoir pendant que je finis de remplir vos plateaux ?

Jenny fronça les sourcils avec étonnement.

— Mais Winter n'a pas...

— Ne t'inquiète pas, dit-il un peu trop fort. Laisse-moi faire.

— Viens, Jenny, dit simplement Winter en attirant son assistante vers l'endroit qu'il avait indiqué.

Avec un soupir de soulagement, Josh remplit rapidement deux assiettes de pâtisseries, de pain de seigle, de confiture et autres aliments familiers, préférant laisser de côté la plupart des spécialités islandaises pour l'instant.

Même s'il serait heureux de goûter le *skyr* - un yaourt épais – une autre fois, il ne voulait pas tenter le sort et contrarier l'estomac de Winter. Et comme il ne se souvenait pas de l'avoir vue manger des flocons d'avoine le matin, il ne toucha pas non plus au *hafragrautur*.

Au petit déjeuner, le poisson n'était pas au menu.

Mais avant de porter les assiettes à la table, il appela l'un des employés de l'hôtel et lui fit part d'une requête spéciale, qu'il espérait voir satisfaite avant qu'ils ne partent pour les aventures de la journée. Puis il se dirigea vers Winter, car Jenny s'était éloignée pour répondre à un appel téléphonique, le laissant seul à la table avec son ex-femme.

— Comment as-tu su ? demanda Winter en regardant son assiette.

Josh éclata de rire.

— Crois-moi, je n'ai pas oublié le jour où tu as restitué ton dîner sur mon smoking, lors de ce gala de charité ! C'était du poisson fumé, n'est-ce pas ?

Elle acquiesça.

— Je n'arrive pas à croire que cela me dérange encore. Pourtant, même aujourd'hui, après toutes ces années, mon estomac se retourne dès que je sens cette odeur…

Ce soir-là, la nausée avait été le premier indice, se souvint Josh, avant que le test de grossesse du lendemain ne le confirme. Winter se sentait très bien, peut-être un peu fatiguée, ce qui n'était pas inhabituel car elle travaillait beaucoup. Il l'avait incitée à se reposer avant de se rendre à cette soirée, mais elle l'avait persuadé de la rejoindre au lit, et… ni l'un ni l'autre ne s'était vraiment reposé.

Ils avaient failli être en retard au gala de charité auquel ils avaient promis d'assister, et Winter avait noué son nœud papillon dans le taxi qui les y conduisait, hilares à l'idée d'avoir à confesser la raison de leur retard.

Puis, une heure plus tard, après le cocktail de bienvenue, les serveurs avaient posé une assiette de poisson fumé devant Winter, qui contre toute attente ne l'avait pas supporté...

Cette soirée avait marqué le début de leur naufrage, se rappela-t-il. Le moment où le monde avait basculé et où le merveilleux conte de fées dans lequel il vivait avait commencé à dérailler. C'était aussi la dernière fois, cet après-midi-là, qu'ils avaient connu une telle entente physique. Mon Dieu, comme cela lui manquait !

— Je suis désolé que ton dégoût n'ait pas disparu, dit-il.

Mais ce n'était pas vraiment ce qu'il voulait dire. Il était désolé pour tant de choses qu'il ne pensait pas pouvoir un jour les rattraper toutes.

Je suis désolé pour tout ce que j'ai fait, et qui a causé ton départ. Ou pour tout ce que je n'ai pas pu faire. Je suis désolé que tu ne puisses pas me parler de tout ça. Que je n'aie pas pu arranger les choses...

— Oui, répondit-elle. Moi aussi.

Avant qu'ils n'aient pu ajouter un seul mot, Jenny revint et commença à parler à Winter de la personne qui était à l'autre bout du fil. Josh se concentra sur son assiette et esquissa un sourire lorsque l'employé de l'hôtel à qui il avait demandé une faveur lui glissa un petit paquet dans la main.

Quelques instants plus tard, Liam les rassembla tous dans le hall, et ils partirent pour l'aventure de la journée.

— Tu crois qu'on va voir des baleines ? demanda Jenny

alors qu'ils montaient à bord du bateau que Liam avait loué pour la journée.

— Je crois que c'est un peu le but de cette escapade, en effet.

Winter regarda le bateau avec appréhension. Son estomac n'était pas encore tout à fait remis, et elle n'était pas convaincue que passer plusieurs heures dans le roulis des vagues allait améliorer les choses.

— Oui, mais les baleines sont des créatures qui aiment la liberté, poursuivit Jenny. Comment peut-on être sûr de l'endroit où l'on peut en voir ?

Le bateau partait du vieux port de Reykjavik, et Winter remarqua que d'autres embarcations dédiées à l'observation des baleines y étaient amarrées.

Elle désigna une affiche.

— Visiblement, on estime qu'il y a quatre-vingt-dix-neuf pour cent de chances de voir *des animaux marins*.

Jenny haussa les sourcils, sceptique.

— Je le croirai quand je les verrai.

Apparaissant derrière Jenny, Liam se glissa entre elle et Winter et avança jusqu'au pont du bateau.

— C'est un peu plus difficile de trouver des baleines à cette époque de l'année, mais je suis sûr qu'il y aura au moins un petit rorqual et peut-être quelques marsouins. De plus, nous verrons des paysages fantastiques. Des volcans au sud, peut-être même un aperçu du glacier Snæfellsjökull si nous nous dirigeons vers le nord.

Winter s'appuya sur le bastingage, et sentit un froid mordant transpercer ses vêtements pourtant très chauds.

— Est-ce qu'on va mourir de froid ? Parce que j'ai l'impression que ça te ferait une mauvaise publicité !

Liam rit et désigna un marin qui distribuait des parkas.

— Et si ça ne suffit pas, vous pourrez entrer dans la

cabine pour vous réchauffer. Mais ne m'en veuillez pas si vous manquez les baleines !

Après une dernière tape amicale sur l'épaule, il partit saluer ses autres invités, tandis que Winter et Jenny s'emparaient des manteaux matelassés.

Winter s'arrêta une seconde lorsqu'elle réalisa que Josh était déjà là. La conversation qu'ils avaient eue au petit déjeuner, et tous les mots qu'ils n'avaient pas prononcés, avaient créé une tension palpable. Aucun d'entre eux n'avait prononcé le mot « enceinte », ni parlé du bébé qu'elle avait perdu. Pourtant, elle savait qu'elle ne pourrait penser à rien d'autre pendant tout le reste de la journée.

Cela n'était pas si inhabituel, et en cinq ans il ne s'était pas écoulé un seul jour sans qu'elle songe à cet événement qui l'avait profondément marquée.

Jenny lui tendit une parka, et Winter s'obligea à se concentrer sur l'instant présent. Les températures étaient rudes, et elle voulait être bien préparée.

À côté d'elle, Josh ferma avec soin sa parka, puis sortit quelque chose de sa poche et le lui tendit.

— Au cas où, dit-il, avant de se retourner et de s'éloigner.

— Qu'est-ce que c'est ? demanda Jenny, qui les avait observés avec curiosité.

Dans le sachet, Winter découvrit un petit paquet de bonbons au gingembre. Où diable avait-il trouvé ça ?

— Oh ! c'est pour le mal de mer ? demanda une influenceuse qui venait d'apparaître aux côtés de Winter et les regardait avec convoitise. Je peux en avoir un ? J'ai très envie de voir les baleines, mais je sais que mon estomac va détester ces vagues.

Winter regarda les eaux agitées, et tendit un bonbon à la jeune femme.

Plus le port de Reykjavik s'éloignait, plus Winter doutait d'avoir le pied marin. Peut-être était-ce le froid vif de l'air salé contre son visage, l'excitation de découvrir les créatures marines, ou simplement le fait d'être dans un endroit très différent de tout ce qu'elle avait vu auparavant ? Quoi qu'il en soit, cela suffit à lui faire oublier son léger malaise et les souvenirs qu'avait ravivés la conversation du petit déjeuner.

Ils virent tournoyer quelques oiseaux de mer, et Winter espérait voir quelques macareux lorsqu'ils s'approcheraient de la côte, mais les dauphins et les baleines leur avaient échappé jusqu'à présent. Jenny semblait de plus en plus sceptique quant à cette aventure, même après que Liam l'eut rassurée en lui disant que l'équipage serait déjà sorti en mer plus tôt ce matin-là pour découvrir où les baleines se cachaient.

— C'est assez incroyable ici, n'est-ce pas ?

Appuyé au bastingage, à côté d'elle, Josh fixait la mer. Il fit un geste vers le lointain.

— Non loin d'ici se trouve une montagne de glace dont Jules Verne disait qu'elle était l'entrée dans les entrailles du globe.

— *Voyage au centre de la Terre*, murmura Winter. On ne t'avait pas proposé de jouer dans un remake de ce film, une fois ?

— Probablement.

Ils gardèrent un long moment le silence, les yeux fixés sur l'horizon, puis Josh dit :

— Ce n'est pas si terrible, cette histoire d'amitié, n'est-ce pas ?

Winter sourit en percevant l'espoir dans sa voix. Cela

n'effaçait pas tous ces souvenirs douloureux, mais Josh la connaissait comme personne d'autre au monde, et il avait partagé avec elle certains moments difficiles.

Le fait qu'il soit revenu dans sa vie lui donnait l'impression d'être pleinement elle-même, de redevenir la femme qu'elle était *avant*. Elle sourit malgré elle.

— Oui. Liam a peut-être raison : l'amitié pourrait être une bonne chose pour nous.

— Ne lui dis surtout pas ça, plaisanta Josh, ou sa vantardise ne connaîtra pas de limites !

Soudain, un message résonna dans les haut-parleurs installés sur le pont, et tous les passagers se précipitèrent à tribord.

— Qu'est-ce qui se passe ? demanda Winter en rejoignant Liam et Jenny.

— Une baleine ! C'est un petit rorqual, visiblement, dit Liam. Quelqu'un a vu un jet d'eau s'élever au-dessus des flots, alors nous attendons et… oooh !

Soudain, la silhouette luisante d'un petit rorqual émergea de la surface, tout près de leur bateau. Autour d'elle, tous sortaient leurs téléphones portables pour prendre des photos, mais Winter se contenta d'admirer cet animal superbe et de profiter de cet instant magique.

C'était grâce à des moments comme celui-ci qu'elle avait pu traverser les mois et les années qui avaient suivi sa fausse couche et l'échec de son mariage. Des petits instants d'émerveillement qui rendaient le monde plus beau, et redonnaient espoir.

Ce n'est que lorsque la créature eut complètement disparu sous les vagues qu'elle se rendit compte qu'elle tenait la main de Josh. Était-ce elle ou lui qui l'avait attrapée ?

Winter l'avait évité pendant le reste de l'excursion, restant à l'écart de la foule lorsqu'ils repéraient un groupe de dauphins sur le chemin du retour. Josh essayait de ne pas le prendre personnellement. Dans ses yeux, sur le bateau, il avait lu un grand désarroi alors qu'elle évoquait la perte de son bébé, de *leur* bébé. Celle qu'il avait laissée derrière lui en partant travailler sur son dernier film n'était plus la même lorsqu'il était revenu, deux mois plus tard, juste avant qu'elle décide de le quitter.

Cette fois, il ne partirait pas avant qu'ils aient parlé de tout ce qui s'était passé entre eux – tout ce dont aucun d'eux ne s'était senti capable de parler à l'époque. Mais pour cela, il devait lui laisser le temps, et accepter qu'elle prenne l'initiative.

Il dîna dans sa chambre et, une fois le repas terminé, il décida d'aller nager un peu dans le lagon. L'air du soir lui mordit la peau alors qu'il sortait en maillot de bain, une serviette sur le bras, regrettant d'avoir oublié le peignoir moelleux fourni avec la chambre. Il ne lui fallut que quelques enjambées pour s'enfoncer dans les eaux naturellement chaudes du lagon, et s'adosser à un rocher pour admirer le ciel nocturne. Il n'était pas tard, mais la nuit tombait tôt et très vite sous ces latitudes. Les dernières vingt-quatre heures avaient été... épuisantes, et s'asseoir là, dans l'obscurité et le silence, l'apaisa énormément.

Il avait laissé sa montre et son téléphone à l'intérieur, et il ignorait depuis combien de temps il était là lorsqu'il entendit des bruits de pas, derrière lui. En se retournant, il vit Winter s'avancer vers l'eau, enveloppée dans un peignoir moelleux comme celui qu'il avait négligé, avec deux tasses fumantes à la main.

— Chocolat chaud ? dit-elle, comme s'il était tout à

fait normal qu'elle lui apporte des boissons chaudes tard dans la nuit.

Après avoir posé les deux tasses sur le rocher, Winter laissa tomber son peignoir, révélant un maillot de bain différent de celui d'hier. Celui-ci était rouge, n'avait qu'une seule bretelle et mettait en valeur sa taille fine. Josh sentit son sang bouillir dans ses veines, et cela n'avait rien à voir avec la chaleur naturelle des sources géothermiques.

Vous avez décidé d'être amis, rien de plus ! gronda-t-il à l'intention de son corps rebelle – qui ne l'écouta pas.

Elle se glissa dans l'eau, à quelques mètres de lui.

— C'est bon !

Lorsque Liam avait essayé de le convaincre de faire ce voyage en lui promettant un « lagon privé », Josh avait pensé qu'il ne s'agissait en fait que d'un jacuzzi. Mais le bassin construit par l'hôtel était grand comme un terrain de football, et s'ouvrait sur le véritable lagon, merveille de la nature.

Séparés de la terrasse de l'hôtel par un rocher, ils auraient pu se croire seuls au monde.

Josh attrapa son chocolat et en prit une gorgée. L'air glacial l'avait déjà tiédi.

— Ça va ? demanda Winter de l'autre côté de la piscine. J'aurais pu faire du thé, ou trouver du vin, mais…

— C'est parfait, coupa-t-il. Merci.

— Ce n'est pas aussi bon que ce que tu avais l'habitude de me préparer après une journée de tournage. Tu te souviens ? Avec de la crème fouettée et une pincée de cannelle moulue ?

Parfois, il rêvait encore de ces chocolats chauds. Lorsqu'il travaillait très tard, l'idée que Winter l'attendait à la maison lui avait apporté un grand réconfort.

— Je m'en souviens, murmura-t-il.

— Je voudrais te remercier, moi aussi, pour les bonbons au gingembre. Ils m'ont bien aidée contre le mal de mer.

— Je t'en prie. Il aurait été dommage de gâcher cette sortie.

C'était loin d'être à la hauteur de ce qu'il lui devait. Car il n'avait pas pu réparer toutes les choses qui n'allaient pas entre eux, en fin de compte. Ni sauver leur bébé...

Prenant une profonde inspiration, Winter se tourna vers lui, sous la lumière pâle de la lune, et déclara :

— J'ai réfléchi, après notre dernière conversation. Et j'ai eu une idée.

Il crut percevoir dans sa voix une note de réticence, et eut l'impression que, quelle que soit cette idée, elle ne lui plairait pas beaucoup.

Mais il n'en avait, pour sa part, pas de meilleure sur la façon de tourner la page de leur mariage. S'il en avait eu, il les lui aurait déjà exposées.

Il s'appuya contre les rochers de la piscine et dit d'un air qu'il espérait détendu :

— Je t'écoute...

6

Cette baignade nocturne était-elle vraiment une bonne idée ? Winter en doutait, désormais. Elle avait espéré que Josh aurait ses propres idées sur la manière d'aborder leur nouvelle relation. Mais cela ne l'aurait pas étonnée non plus qu'il décide de tout plaquer et de rentrer à Los Angeles en la laissant dans son lagon.

Mais non. Il était là, à demi nu, au clair de lune, et susurrait :

— Je t'écoute...

Alors, elle se mit à parler.

— Je pense que nous avons laissé beaucoup de choses en suspens quand notre relation s'est terminée. Et je sais que c'est en grande partie ma faute, car je suis partie précipitamment. Mais j'ai l'impression que les mots sont encore en nous, et qu'ils prennent de plus en plus de place. Peut-être avons-nous besoin de les faire sortir.

Elle prit une profonde inspiration, et ajouta :

— Je propose donc que nous partagions un secret, chaque soir par exemple...

Josh la regarda d'un air pensif.

— Jusqu'à ce que... plus un seul secret ne vienne se mettre en travers de notre chemin ? demanda-t-il.

— Exactement.

Elle était heureuse qu'il ait compris son idée et semble l'approuver.

Au moment de leur rencontre, il leur arrivait de passer des nuits entières à parler de leur manière de voir le monde, de leurs livres préférés, de la façon dont ils envisageaient leur carrière et leur avenir… Mais lorsque des problèmes surgissaient entre eux, elle se retrouvait soudain muette. Tout à ses idées romantiques, et prisonnière de l'image d'Épinal que la presse renvoyait d'eux, elle s'était imaginé qu'elle se trompait, et qu'il n'y avait pas lieu de s'alarmer. Josh adorait parler de « sa femme », trouver un nouveau film dans lequel ils pourraient jouer ensemble, et se pavaner sur les tapis rouges avec elle à son bras.

Et elle aussi aimait ça, au début. Jusqu'à ce qu'elle ait l'impression de s'effacer derrière son personnage d'actrice, d'être prisonnière de l'image que le public s'était faite d'elle.

Elle avait essayé de l'expliquer à Josh une fois, mais l'incompréhension qu'elle avait lue sur son visage lui avait fait comprendre qu'il ne partageait pas ses impressions. Puis elle était tombée enceinte, il était parti en tournage et le silence s'était installé, semblant les éloigner de plus en plus l'un de l'autre.

Il était trop tard pour renouer le fil de leur histoire désormais, mais ces conversations difficiles qu'ils avaient évitées pendant si longtemps pourraient les aider à tourner la page, ce dont ils avaient manifestement besoin.

— Alors, tu veux commencer ? demanda-t-il, plein d'espoir.

Elle sourit.

— Euh… je préférerais que ce soit toi, admit-elle, mais pourquoi pas ?

Elle aurait dû mieux réfléchir à ce qu'elle avait envie

de partager avec lui. Tant d'idées tourbillonnaient dans sa tête qu'elle ne savait pas par où commencer.

Après avoir pris une profonde inspiration, elle lâcha :

— J'ai apprécié les bonbons au gingembre et le petit déjeuner.

Il la regarda d'un air perplexe.

— Et ?

Elle hocha doucement la tête.

— J'ai beaucoup apprécié ce geste, vraiment. Tout comme j'ai apprécié tous les gestes que tu as faits pour essayer de m'aider, il y a cinq ans.

Alors qu'elle luttait contre les nausées matinales, Josh était présent, quand il le pouvait, lui apportant des repas légers et s'assurant qu'elle prenait du repos.

Et lorsqu'il était absent, en tournage ou en répétition, il lui envoyait constamment des mails contenant des liens vers des articles sur des remèdes, plus ou moins efficaces, qui atténuaient la nausée sans la faire disparaître.

Les vrais problèmes avaient commencé lorsqu'elle avait été incapable de garder la moindre nourriture.

Ses médecins s'étaient inquiétés, avaient demandé des examens et posé un diagnostic d'*hyperémèse gravidique*. Plus d'une fois, elle avait passé la nuit à l'hôpital pour être surveillée et réhydratée.

— Et alors ? Tu veux vraiment me parler des bonbons au gingembre ? demanda Josh, toujours aussi dérouté.

Winter essaya de trouver les mots justes. Elle ne voulait pas paraître ingrate ou indifférente. Elle ne voulait pas non plus qu'il se sente mal parce qu'il essayait de faire ce qu'il fallait. Mais ils avaient accepté de partager les secrets qui avaient mis fin à leur mariage et, pour elle, c'était là que les ennuis avaient commencé.

— Je sais que tu essayais de m'aider, et je l'appréciais

déjà à l'époque. Mais j'avais aussi l'impression que tu essayais de me réparer, de m'aider à redevenir moi-même, la femme que tu aimais, que tu avais épousée. Pour que je puisse reprendre ma place auprès de toi. Et j'ai su à ce moment-là, au plus profond de moi, que je ne serais plus jamais cette femme-là.

Elle regarda son reflet dans l'eau, au clair de lune, et s'imagina que la légère vapeur qui s'élevait du lagon emportait son secret vers le ciel…

— Tu essayais de m'aider de ton mieux à distance alors que, tout ce que j'aurais voulu, c'est que tu sois là, auprès de moi. Que tu me prêtes une oreille bienveillante, sans essayer de tout régler. Alors, quand c'est arrivé…

Elle s'interrompit, incapable de trouver les mots. Ses amis, sa famille et ses médecins avaient eu beau lui dire que sa fausse couche n'était qu'un caprice du destin, elle continuait de s'en vouloir. Après tout, c'était elle qui s'était levée, avait eu des vertiges et était tombée dans l'escalier. Son corps n'avait pas pu supporter le traumatisme de la chute. C'est elle qui avait échoué à devenir mère…

Pire encore, elle avait souffert que Josh soit heureux de retrouver l'ancienne Winter, même si elle n'existait plus.

L'idée qu'il puisse vouloir de nouveau tenter d'avoir un enfant la terrifiait. Elle connaissait Josh et savait qu'il voulait fonder une famille – et elle partageait son désir au moment de leur mariage. Mais maintenant, elle savait que c'était au-delà de ses capacités et qu'elle ne pouvait pas risquer de tomber de nouveau enceinte. C'était trop douloureux.

C'est à ce moment-là qu'elle avait compris qu'elle devait aller de l'avant et le laisser libre de refaire sa vie…

Elle vit Josh serrer les poings.

— Winter, je…

Trop troublée pour poursuivre cette conversation, elle sortit précipitamment du lagon, attrapa son peignoir et se précipita dans sa chambre.

Elle ne pouvait pas supporter davantage de secrets.

Josh dormit très mal, cette nuit-là. Il s'assoupit, mais des images de Winter, seule et luttant contre ses malaises à des milliers de kilomètres de lui, continuaient de le hanter.

Le lendemain matin, les choses n'allaient pas beaucoup mieux, et il songea de nouveau à la pâleur de son beau visage, au clair de lune, lorsqu'elle lui décrivait ce qu'elle avait ressenti durant ce début de grossesse difficile.

Il devait lui parler. Il avait encore tant de choses à lui dire ! Il voulait mieux comprendre ce qu'elle avait vécu, et qui lui avait échappé à l'époque.

Il avait cru qu'elle lui reprochait son absence, mais il se demandait maintenant s'il n'y avait pas autre chose. Il avait besoin de savoir.

À 7 heures, il descendit prendre son petit déjeuner au restaurant. À sa grande surprise, Liam était déjà là, et il le rejoignit, une tasse de café et une assiette à la main.

— Quel est le programme, aujourd'hui ? demanda-t-il en se glissant dans le siège, en face de son ami. Une randonnée sur un glacier ? Une excursion sur un volcan ? Des chutes d'eau ? Des grottes de glace ?

Il avait besoin de bouger, de mettre son corps à l'épreuve pour tenter d'oublier quelque peu les pensées qui agitaient son esprit. Il avait besoin de se distraire, en attendant que Winter soit disposée à reprendre le dialogue.

Liam l'observait par-dessus le bord de sa tasse de café.

— Rien de très dynamique. Aujourd'hui, tous mes invités pourront profiter des installations de spa de l'hôtel. J'ai d'ailleurs pris la liberté d'établir un programme, expliqua Liam en sortant d'une pochette posée sur la table une carte où figuraient une liste de soins et les horaires du sauna, des hammams et des installations de spa.

— Je dois faire tout ça ? demanda Josh en parcourant la liste. Cela semble… excessif.

— Tu as travaillé dur ces dernières années, dit Liam avec calme. Tu as bien besoin d'une pause, non ?

Josh se garda bien de répondre à son ami qu'il appréciait peu de se relaxer avec des inconnus. Il pourrait peut-être se retirer quand il s'ennuierait ?

Ils discutèrent un moment, puis Liam partit vaquer à ses occupations, et Josh alla chercher un autre café.

Il remarqua que Winter et Jenny manquaient à l'appel, ce matin. Elles avaient peut-être pris le petit déjeuner dans leur chambre, songea-t-il avec un soupir déçu. Or il doutait que son ex-femme ait envie de se baigner de nouveau dans le lagon, après ce qui s'était passé la veille. Ce qui signifiait que, s'il voulait lui parler, il devait s'en tenir à l'emploi du temps de Liam pour la journée et espérer la croiser.

Connaissant Liam, il n'avait que peu de doutes sur ce point.

Trente minutes plus tard, Josh se présenta comme prévu à l'entrée de l'espace spa de l'hôtel. Ici, les murs de verre cédaient la place à un couloir tout en bois, plus chaleureux, qui menait à la réception.

Il remit sa carte à la réceptionniste qui lui désigna un vestiaire où il se changea. Il se dirigea ensuite vers la salle Lupina.

— Toutes nos salles de soins portent le nom de fleurs

sauvages indigènes, expliqua la jeune femme. Voilà, vous y êtes ! Profitez bien de votre massage !

Josh s'était déjà fait masser, mais il se doutait que ce serait différent des autres fois. Un sentiment que confirmèrent la musique douce et les sons de la nature diffusés dans la pièce, l'éclairage tamisé… et la découverte de son ex-femme, assise sur l'une des deux tables de massage installées devant lui.

— Liam nous a réservé un massage en couple, dit-elle en resserrant son peignoir autour de son corps.

Il aurait dû s'en douter !

L'instant d'après, deux masseuses firent leur apparition, et ils se retrouvèrent tous deux allongés sur le ventre, des serviettes couvrant à peine leur intimité.

Josh s'efforça de ne pas regarder Winter afin de ne pas ajouter à son malaise. La situation était déjà bien assez embarrassante comme ça. Mais le fait de la savoir là, quasiment nue et couverte d'huile de massage, à quelques mètres de lui, lui rappelait des souvenirs auxquels elle aurait sans doute préféré qu'il ne pense pas à ce moment-là.

Le sommeil dont il avait manqué le rattrapa et, tandis que la masseuse, talentueuse et très professionnelle, lui passait les mains sur le dos, Josh sentit se dissiper une partie de la tension accumulée durant ces derniers jours. Il ne parvenait pas à oublier les secrets que Winter lui avait confiés la nuit précédente, mais il pouvait enfin prendre un peu de recul, et voir le passé d'un œil plus distant.

Il ne se rendit compte que les masseuses avaient quitté la pièce que lorsqu'il entendit la voix de Winter.

— Apparemment, nous devons rester allongés ici et nous détendre pendant quinze minutes avant de nous lever.

Il n'avait pas vu cela sur le programme.

— Je n'ai pas bien dormi la nuit dernière, avoua Josh, le souffle court.

— Moi non plus, répondit-elle.

L'espace d'un instant, ils n'entendirent plus que le bruit des vagues dans les haut-parleurs, ponctué de quelques cris de mouettes sur fond de flûte de Pan.

Ils rompirent ce silence en même temps.

— Je ne voulais pas...

Josh leva la tête et lui sourit. Elle était toujours allongée, les jambes, le dos et les épaules nues, et le regardait d'un air songeur. Soudain, il eut envie de tendre la main pour la toucher, mais il se retint.

Il y avait encore tant de choses qu'il ne comprenait pas sur la façon dont leur histoire s'était terminée ! Or il voulait à tout prix éviter de refaire les mêmes erreurs et, pour cela, il fallait poursuivre leur conversation et tenter de garder la tête froide.

Il déglutit avec peine et s'efforça de se concentrer.

— Je crois que je te dois des excuses, dit-il, comprenant qu'elle attendait qu'il reprenne la parole. Je suis vraiment désolé. Tout ce que tu as dit hier soir m'a fait réfléchir, tu sais. Je comprends que tu as dû te sentir bien seule et je regrette de ne pas avoir pu être là pour t'aider à affronter cette épreuve.

Elle hocha imperceptiblement la tête pour l'inviter à poursuivre.

— Je crois que j'essayais... d'être là, même si j'étais absent. Je savais que je ne pouvais pas faire grand-chose pour te soulager, mais je voulais essayer quand même, parce que...

— Parce que ?

Il soupira.

— Parce que je savais que c'était ma faute. Et que je me sentais coupable.

Winter tourna vers lui un regard étonné.

— Tu croyais que c'était ta faute si j'étais malade ?

Pendant toutes ces années, elle avait pensé qu'il avait été frustré par son incapacité à mener à bien sa grossesse. Qu'il aurait préféré qu'elle l'accompagne aux soirées de première, en jolie robe de cocktail et talons aiguilles, rayonnante devant les caméras.

— Oui, avoua Josh. Je pensais que c'était ma faute et je le pense encore. Si j'avais été plus prudent, tu ne serais pas tombée enceinte à ce moment-là. Car nous n'avions rien planifié, n'est-ce pas ? Si nous l'avions fait, j'aurais fait en sorte d'être plus présent quand tu avais besoin de moi. Mais au lieu de cela, j'étais en tournage à l'autre bout du monde et toi trop fatiguée pour me parler. Tout ce que je pouvais faire, c'était t'envoyer des colis pour te montrer que je pensais toujours à toi, même si je n'étais pas à tes côtés.

Ses mots étaient si sincères qu'elle en eut les larmes aux yeux. Comme elle, il n'avait fait que faire face de son mieux à la situation.

— Je le savais, murmura-t-elle. Au fond de moi, je savais que tu essayais. Que nous essayions tous les deux. Mais... c'était si difficile ! Et j'ai souvent failli sombrer...

Hésitant, Josh murmura :

— Comme quand... quand nous avons perdu le bébé.

Nous. Elle n'avait jamais vraiment pensé en ces termes à cet épisode douloureux, réalisa Winter, et s'était imaginé qu'elle et elle seule avait perdu ce bébé. Certes, elle savait que Josh avait éprouvé un sentiment de perte, lui aussi, mais elle s'était toujours sentie étrangement séparée de lui.

— Je m'en suis voulu pour cela, admit-elle, mais à l'époque... j'aurais fait *n'importe quoi* pour que ça s'arrête, et j'ai été presque soulagée...

Josh attrapa sa main et la serra très fort.

Pendant un long moment, ils restèrent immobiles, main dans la main, et Josh se demanda s'il ne s'agissait que de malentendus, entre eux. Se pouvait-il qu'ils se soient trompés tous les deux en supposant que l'autre avait des reproches à lui faire ?

Une part d'elle aurait aimé qu'ils aient pu se parler comme ça à l'époque, mais elle savait que seuls le temps et le recul leur avaient permis d'avoir cette conversation aujourd'hui. Durant leur mariage, elle était encore prisonnière de l'image que les médias donnaient d'elle, de leur couple. Cette romance de conte de fées avait détruit l'amour bien réel qu'ils avaient l'un pour l'autre.

La femme qu'elle était à l'époque n'aurait pas pu tenir cette conversation, mais elle était fière de l'avoir eue aujourd'hui. À force d'efforts et de travail, elle s'était reconstruite et était redevenue enfin elle-même, et non celle que le monde voulait qu'elle soit.

Mais elle ne voulait pas non plus s'attarder sur le passé. C'était l'avenir qui l'intéressait, et Josh et elle s'étaient mis d'accord pour tourner la page mais aussi, elle l'espérait, pour se lier d'amitié. Il était temps de revenir à l'objectif qu'ils s'étaient fixé.

— C'est un peu une séquence émotion, tu ne trouves pas ? dit-elle avec un sourire voilé.

— Sans doute, oui...

Josh lui serra une dernière fois la main, puis la relâcha.

— Alors, qu'est-ce qu'on fait maintenant ?

Winter se redressa, serrant la serviette contre son corps.

— Comment ça, monsieur Abraham ? Vous n'avez jamais passé une journée au spa avec une amie ?

Elle sourit d'un air malicieux pour tenter de détendre l'atmosphère

— Pas vraiment, non...

Josh fit pivoter ses jambes et s'assit sur le bord de la table. Winter s'abstint de le regarder. Son torse nu – plus musclé que dans son souvenir – la troublait plus qu'il n'était raisonnable.

— Tu veux bien me servir de guide ? Qu'est-ce qu'on fait lors d'une journée au spa entre amis ?

— Eh bien, nous pourrions commencer par essayer ces fauteuils chauffants en pierre que j'ai vus à l'extérieur, parce qu'ils ont l'air incroyables ! Et si, avec un peu de chance, quelqu'un nous apporte un verre d'eau pétillante...

— C'est une bonne idée, admit Josh. Qu'est-ce qu'on peut faire d'autre ?

— En principe, les journées au spa sont l'occasion de boire une coupe de champagne, de profiter des hammams, de se faire faire les ongles et de se détendre, expliqua Winter avec un haussement d'épaules. Oh ! et on peut se mettre au défi de sauter dans la piscine d'eau glacée, bien sûr... Mais il s'agit avant tout de bavarder.

Il haussa les sourcils.

— Vraiment ?

— Absolument, dit Winter avec fermeté. Nous avons cinq ans à rattraper, tu te souviens ?

Maintenant qu'elle s'était débarrassée du pire de ses secrets, elle voulait tout savoir...

7

Josh refusa de se faire peindre les ongles des orteils en rose, mais il s'assit près de Winter pendant qu'elle se faisait pédicurer et profita d'un massage des pieds dispensé par un membre de l'équipe engagée par Liam. La jeune femme qui s'occupait de Winter ne cessait de leur jeter des regards curieux mais, si elle les avait reconnus, elle ne fit aucun commentaire.

Bientôt, les trois influenceuses que Liam avait invitées firent une apparition bruyante dans le salon de massage.

L'une d'elles agita la main dans leur direction.

— Alors comme ça, vous êtes... enfin...

Son amie – Josh croyait se souvenir qu'elle s'appelait Skylar, mais il n'en était pas sûr – forma un cœur avec ses mains.

Comme si cela n'était pas assez clair, la troisième conclut :

— ... ensemble ? J'ai toujours su qu'il y avait quelque chose entre vous deux !

Avec un sourire forcé, Winter répondit d'un ton qu'elle espérait détaché.

— Oh ! non ! Comme nous vous l'avons dit l'autre jour, nous ne sommes que des amis, dit-elle.

C'en était terminé de leur tranquillité, elle le savait, et Josh ne put qu'admirer sa réaction.

Skylar se pencha vers eux, les touchant presque, et murmura :

— Vous pouvez nous le dire, vous savez. Nous ne dirons rien…

— Nous sommes la discrétion même, approuva son amie en hochant la tête.

Josh échangea un bref regard avec Winter. Il savait déjà ce qu'elle pensait. Il n'y avait aucun moyen de convaincre ces trois-là qu'elles faisaient fausse route, et il était inutile d'essayer, car elles avaient visiblement décidé de les réconcilier. Mais il fallait surtout éviter de leur donner un quelconque signe qui confirmerait ce qu'elles avaient tant envie de croire…

Mais Josh savait par expérience que la vérité avait peu de poids face à une belle histoire, un scénario de rêve. Et même si les jeunes femmes affirmaient ne pas vouloir répandre la nouvelle, Josh savait comment cela se passerait. Cela commencerait par une simple allusion, lors d'un dîner, à une personne à laquelle on ferait jurer de garder le secret, et qui s'empresserait de le dévoiler à une personne de confiance, toujours sous le sceau du secret… Bientôt la nouvelle ferait le buzz sur les réseaux sociaux, grâce à la perspicacité d'un des journalistes qui séjournait à l'hôtel – et offrirait peut-être une récompense à Skylar, Mo et Sarra pour qu'elles lui racontent tout et fournissent des photos.

Les tabloïds les marieraient de nouveau, avant même qu'ils aient pu nouer leur nouvelle amitié.

Soudain, Josh se leva.

— Mon massage est terminé… Ravi de vous avoir rencontrées à nouveau, mesdames, mais Liam a prévu un agenda chargé pour moi aujourd'hui. Nous nous verrons plus tard, j'en suis sûr. Salut, Winter !

Après avoir jeté un dernier regard à son ex-femme, il s'éloigna, aussi décontracté que peut l'être un homme en peignoir, en espérant qu'elle aurait saisi le message.

Dix minutes plus tard, il se détendait dans le hammam, laissant avec délices les huiles parfumées remplir ses poumons, la tête posée contre le mur et les yeux fermés, tandis que la sueur coulait sur son torse. Il sourit lorsqu'il entendit la porte s'ouvrir.

— Josh ? appela doucement Winter.

Il ouvrit les yeux.

— Oui...

Elle s'avança vers lui en silence et s'assit à ses côtés.

— J'ai supposé que c'était une bonne idée de te rejoindre ici. C'était ce qu'avait prévu Liam.

— Oui. J'ai pensé que nous pourrions peut-être poursuivre notre conversation... en privé ?

— Moi aussi, murmura Winter en sentant une étrange émotion s'emparer d'elle.

Pourtant, ce n'était pas vraiment le bon endroit pour discuter. Ils se voyaient à peine dans la semi-obscurité du hammam, et avaient un peu de mal à respirer. En entendant le souffle de Winter, aussi laborieux que le sien, Josh songea qu'ils n'avaient jamais connu une telle harmonie, une telle communion entre eux depuis qu'elle l'avait quitté.

Et cela lui avait beaucoup manqué !

Et même s'il se répétait, et répétait à Liam et à tous ceux qui lui posaient la question, qu'il voulait aller de l'avant et trouver la relation parfaite, avec la femme parfaite, il n'en était plus tout à fait sûr, à présent.

Sacrifierait-il tous ces espoirs pour pouvoir rester encore un peu là, à écouter le souffle de Winter, si semblable au sien ?

Non. C'était impossible. La perdre avait failli le briser, et il ne pouvait pas se mettre de nouveau dans cette situation. Ils n'étaient pas faits l'un pour l'autre. Si c'était le cas, les choses ne seraient pas si difficiles...

Il secoua la tête pour chasser ces pensées troublantes, et savoura enfin la chaleur délicieusement humide du hammam.

Étonnamment, passer la journée au spa avec Josh l'avait beaucoup amusée, songea Winter. Après avoir échappé aux influenceuses, ils avaient réussi à profiter du hammam, de la forêt tropicale et des murs de glace, du sauna, de la piscine et des lits de pierres chaudes que Winter avait été impatiente de découvrir.

Sans quitter leurs peignoirs, ils avaient déjeuné d'une simple salade, la peau rougie et les cheveux en bataille. Le serveur du restaurant du spa leur avait apporté une carafe de vin blanc de la part du « patron », qu'ils avaient décidé d'accepter car il aurait été impoli de refuser ce geste.

Même le fait de se remémorer la période où ils étaient en couple ne lui avait pas fait aussi mal qu'elle l'aurait cru. Il y a cinq ans, Josh et elle étaient trop absorbés l'un par l'autre, et trop accaparés par les médias, pour prêter attention au monde extérieur.

À l'époque, elle ressentait tout avec une telle acuité – chaque regard qui s'attardait sur le plateau, chaque sourire, chaque baiser – qu'elle avait du mal à exprimer ses sentiments, de crainte de ne pas être comprise.

Mais maintenant, elle voyait tout cela d'un œil neuf, comme si elle se rappelait une autre femme, plus jeune, et plus naïve. Qui qu'ait été cette femme, elle ne lui ressemblait plus, aujourd'hui.

— Je croyais que nous étions censés rattraper le temps perdu, dit-elle soudain, pour chasser ces souvenirs troublants, pas se remémorer des choses que nous connaissons déjà tous les deux !

Josh lui sourit et remplit leurs deux verres de vin.

— D'accord, alors. Pourquoi ne pas commencer par me raconter comment tu en es venue à passer derrière la caméra et à être nominée pour un prix, madame la réalisatrice ? lança-t-il.

Winter sourit. C'était un sujet dont elle pouvait parler sans problème, car cela n'avait aucun lien avec Josh, ni avec son passé. Du moins, c'était ce qu'elle croyait jusqu'à ce qu'elle commence à évoquer le sujet avec Josh.

— Eh bien... Je crois que je me suis en quelque sorte jetée dans ma carrière, après notre rupture. Un peu comme toi, je crois.

Elle lui lança un regard complice, tout en songeant à la demi-douzaine de films qu'il avait tournés en un temps record après leur séparation.

— Je crois que je peux comprendre cet élan, acquiesça-t-il avec ironie.

Mais en le voyant triturer sa serviette, elle comprit qu'il était nerveux. Ils essayaient tous les deux de faire comme s'il s'agissait d'une conversation tout à fait normale, mais la tension commençait à se faire sentir entre eux.

— Pour moi, le fait d'être occupé m'empêchait de penser. Le travail était un refuge, une fuite...

Il était difficile de ne pas remarquer qu'après cette avalanche de films il n'avait quasiment plus joué au cinéma.

— Au bout d'un moment, j'ai craqué, reprit-il. Je suis allé chez ma mère et j'ai passé du temps avec Graham et Ashley, puis avec les jumeaux quand ils sont nés...

Tout à coup, elle sentit la culpabilité l'envahir. Elle

l'avait sans le vouloir poussé à dépasser ses limites. Mais elle était également soulagée d'apprendre qu'il avait pris le temps de se reposer et de panser ses blessures.

— Mais c'est de toi que je voulais parler, reprit Josh. Qu'est-ce qui t'a décidée à passer derrière la caméra ? Manifestement, c'était une excellente décision, mais je ne me souviens pas de t'en avoir entendue parler. Je dois te dire que j'ai été quelque peu surpris lorsque j'ai appris que tu allais réaliser *Another Time and Place*...

Winter s'adossa à sa chaise et jeta un coup d'œil par-dessus son épaule. Seul endroit du spa vitré du sol au plafond, le restaurant offrait une vue magnifique sur le lagon, où d'autres clients profitaient de l'eau chaude soufrée et des montagnes enneigées.

Elle se demandait si l'un d'entre eux les observait, comme l'avaient fait les employés du salon de manucure, et répandaient des ragots à leur sujet.

— Si tu ne veux pas en parler, nous ne sommes pas obligés de le faire.

Winter remarqua que Josh fronçait les sourcils, comme s'il était contrarié de lui avoir fait cette proposition. Elle comprenait pourquoi. Ces derniers jours, ils avaient parlé de choses bien plus personnelles et difficiles sans qu'elle ne se défile. Ou presque...

Mais cette question était différente des précédentes, et concernait la Winter qu'elle était aujourd'hui, pas celle qu'elle avait laissée derrière elle. Bizarrement, elle sentait qu'elle aurait plus de mal à évoquer ce sujet avec Josh. C'était trop personnel, trop intime pour qu'elle puisse s'exprimer en toute sérénité.

Mais elle savait qu'elle devait le faire. Haussant les épaules avec nonchalance, elle prit une nouvelle bouchée de dessert et feignit l'indifférence.

— En effet, je n'avais jamais rêvé de devenir réalisatrice, expliqua-t-elle. Mais j'étais tellement habituée à ce qu'on parle de moi comme de ta partenaire à l'écran et ta femme dans la vie que…

— Ah bon ? coupa Josh en fixant sur elle un regard aigu, c'est comme ça que tu voyais les choses ?

— Bien sûr ! Ne me dis pas que tu ne l'avais pas remarqué ! Partout dans la presse on me désignait comme « madame Abraham » ou « l'épouse de Josh Abraham ».

— Vraiment ? Et c'était… si terrible que ça ?

Le regard perplexe de Josh s'était mué en un masque glacial, et Winter comprit que ses mots l'avaient piqué au vif.

— Ce n'était pas comme si… j'avais honte de nous, d'être ta femme, s'empressa-t-elle d'ajouter. C'est juste que…

— Tu voulais exister par toi-même, acheva Josh. Je peux le comprendre. Mais… on me désignait comme ton mari aussi, tu sais.

Winter acquiesça.

— Je le sais.

— J'ai toujours pensé que c'était… une bonne chose, dit Josh. Cela ne me déplaisait pas. J'aimais l'idée que les gens voient notre histoire d'amour comme un conte de fées.

Parce que, pour lui, cette histoire, semblable à celle qu'avaient connue ses parents, était celle qu'il avait toujours voulu avoir.

Mais pour elle…

— Moi aussi, j'aimais notre histoire et le fait qu'elle inspirait les gens, dit-elle avec prudence. Mais je ne voulais pas que ce soit la seule chose à laquelle ils pensent en me voyant.

— Alors tu as déserté les plateaux.

— Je me suis dit que, si personne ne parlait jamais de mon travail d'actrice, il fallait que j'essaye autre chose...

— Tu ne m'en as jamais rien dit, fit remarquer Josh. À l'époque, tu ne m'as pas dit ce que tu ressentais.

— Je ne savais pas comment m'y prendre, avoua Winter. Tu aimais les contes de fées et je n'osais pas te dire que ce n'était pas ce que *je* voulais... Tu aurais cru que je ne voulais pas de *toi,* or ça n'a jamais été le problème.

Elle en avait trop dit, réalisa-t-elle tout à coup. Mais elle *avait* toujours eu envie de lui, et cela n'avait pas changé avec les années. C'était tout le reste qui avait changé.

Soudain, elle jeta un regard par-dessus son épaule et vit les trois influenceuses entrer dans le restaurant.

— Il est temps de... passer à autre chose, souffla Josh en faisant mine de partir.

Déçue, elle commença à rassembler ses affaires en espérant pouvoir reprendre bientôt cette conversation

Quelques heures plus tard, Josh se tenait sur le seuil du bureau de Liam, les cheveux humides après son passage au spa. Sa chemise lui collait encore à la peau, mais il avait besoin de parler à son ami, de toute urgence.

— Comment s'est passée ta journée ? demanda Liam en lui faisant signe d'entrer.

Josh referma la porte derrière lui et prit sa place habituelle dans le fauteuil, près de la fenêtre.

— C'était... somptueux.

— Tu as réussi à te détendre ?

— En partie.

— Et... as-tu apprécié la compagnie ?

Liam affectait un ton innocent qui ne le trompait pas, et Josh lui retourna un regard indulgent.

— Nous avons un peu parlé, dit-il, mais pas assez. Il y avait trop d'oreilles indiscrètes…

— Mais… vous avez aussi un bassin privé à votre disposition, fit remarquer Liam. Je vous ai fait venir ici tous les deux. Qu'attends-tu de plus ?

C'était exactement la question que Josh s'était posée après le hammam, quand il regardait en riant Winter sauter dans la piscine glacée.

La conversation qu'ils avaient eue à l'heure du déjeuner n'était pas terminée, Josh en était sûr. Apprendre qu'elle avait trouvé pesante l'ingérence des médias dans leur vie l'avait surpris, et il avait ressenti un pincement au cœur quand elle avait évoqué le « conte de fées » mis en avant par les tabloïds. Mais en même temps, il commençait à comprendre son point de vue, et à voir à quel point il avait dû être frustrant pour elle de n'être considérée que comme « la femme de ».

Et cela ne changerait pas tant qu'ils seraient tous les deux ici, exposés à tous les journalistes, blogueurs et influenceurs que Liam avait invités au Ice House pour la semaine.

Il était temps qu'il dise à Liam ce qu'il attendait de lui.

— Je veux que tu m'aides à emmener Winter loin d'ici pour la soirée, dans un endroit où nous pourrons parler en privé. Un endroit… sympa.

Liam haussa les sourcils.

— Essayerais-tu de la reconquérir ?

— Tu fais fausse route, grommela Josh. Je ne cherche rien d'autre qu'à rétablir le dialogue pour pouvoir enfin tourner la page.

— Ce qui est, je crois, une partie du problème que nous essayons de résoudre ici. N'est-ce pas ? répliqua Liam.

— Oui, évidemment.

Josh espérait ne pas donner à son ami l'impression qu'il avait oublié l'objectif de la semaine, même si c'était le cas.

Il était ici pour tenter d'aller de l'avant et renoncer à ses rêves d'amour, se rappela-t-il. Or parler à Winter de l'échec de leur mariage faisait partie du processus.

Rien de plus.

Il n'était pas question de lui faire baisser la garde, de la regarder sourire à la lumière des bougies, comme lorsqu'il était tombé amoureux d'elle.

Il avait déjà vécu tout cela, et cette histoire s'était soldée par un échec et un cœur en miettes.

— Alors tu veux juste l'emmener dîner quelque part ce soir… entre amis, c'est ça ?

— Oui, c'est exactement ça. Il ne s'agit pas du tout d'un rendez-vous. Nous avons besoin de parler tranquillement, à l'abri des regards. Et comme nous avons passé toute la journée au spa, je pense qu'une soirée dans le lagon n'est pas la meilleure idée.

Il fallait trouver un territoire neutre, un endroit où chacun se sentirait totalement à l'aise.

Liam l'observait d'un regard pensif. Josh ne savait pas exactement ce que son ami cherchait, mais il sembla l'avoir trouvé car, après un long moment, il hocha la tête.

— D'accord. Retrouve-moi dans le petit salon près de la réception, dans une heure. Je vous ferai sortir d'ici.

— Tu ne veux pas me dire où nous allons ? demanda Josh.

L'idée que Liam se faisait d'une soirée parfaite entre amis n'était pas forcément la même que la sienne. Il devrait prévenir Winter que, si cela lui déplaisait, c'était la faute de Liam…

— C'est une surprise.

Liam lui adressa un sourire et décrocha son téléphone.

— Fais-moi confiance, d'accord ? Et cesse de t'inquiéter. Je vais dire à Jenny ce qui est prévu pour qu'elle puisse aider Winter à choisir une tenue appropriée.

— Et moi, comment dois-je m'habiller ? voulut savoir Josh.

Liam leva les yeux au ciel.

— Mon ami, tu vis à Hollywood depuis trop longtemps ! Allez, file retrouver ton ex-femme pour lui proposer une soirée en amoureux !

— Arrête !

Un sourire suffisant se dessina sur le visage de Liam.

— Je plaisante. Allez, sauve-toi, maintenant !

Josh était tellement occupé à se repasser sa conversation avec Liam qu'il attendit d'être de retour dans sa chambre pour se demander comment son ami avait obtenu le numéro de téléphone de Jenny.

8

— Pourquoi personne ne veut-il me dire où je vais ? insista Winter dès qu'elle ouvrit la porte de sa suite à Josh, ce soir-là.

— Crois-moi, si je le savais, je te le dirais, répondit-il en haussant les épaules. Je me souviens que tu détestes les surprises. Mais je crains que notre hôte n'ait pas jugé bon de me faire part de ses projets pour notre soirée.

Winter jeta un regard noir à Jenny, qui essayait de prendre un air innocent sur le canapé.

— Jenny sait, *elle*.

— Apparemment, notre Liam préfère partager des informations avec Jenny qu'avec nous, déclara Josh, amusé malgré lui. Mais nous ne sommes pas obligés de sortir, si tu ne veux pas. Mais j'ai pensé que ce serait une bonne façon de terminer notre conversation de tout à l'heure.

Elle ne pouvait pas nier qu'elle aimait l'idée de s'éloigner de tous ceux qui semblaient surveiller ses moindres faits et gestes ici, à l'hôtel. Et puis, elle s'était déjà préparée pour l'occasion.

— Allons-y, alors ! lança-t-elle en prenant son manteau et son sac.

Dans le hall de l'hôtel, un employé vint discrètement leur annoncer qu'une limousine aux vitres teintées les attendait devant la porte. Le chauffeur en tenue leur ouvrit les portières arrière, et ils se glissèrent tous deux à l'intérieur.

— Je suppose que vous avez des consignes pour ne pas nous révéler où vous nous conduisez ? lui demanda Winter.

En guise de réponse, l'homme lui adressa un sourire énigmatique, ce qui n'était pas pour la rassurer.

— Liam ne t'a vraiment rien dit ? insista Winter alors que la voiture s'éloignait de l'hôtel.

— Je n'en ai pas la moindre idée, répondit Josh, mais il m'a assuré que c'était un endroit où nous pourrions parler en privé, sans craindre d'être observés.

— C'est déjà ça !

Winter se cala dans son siège et regarda défiler le paysage nocturne. Ils étaient sur la route de Reykjavik, comprit-elle. Peut-être que Liam leur avait réservé une table dans un restaurant ? Ce serait une bonne idée...

Josh et elle tentèrent de poursuivre leur conversation, mais la tension qui régnait dans l'habitacle ne leur facilitait pas les choses, et bientôt le silence s'installa entre eux.

Puis, enfin, la voiture s'arrêta devant un bâtiment, mais il ne ressemblait pas à un restaurant. Les fenêtres étaient en partie occultées.

— Vous êtes sûr que c'est le bon endroit ? demanda Josh.

Le chauffeur sourit.

— Oh ! bien sûr. M. Delaney a demandé une ouverture ce soir, spécialement pour vous.

Pourquoi avait-elle un mauvais pressentiment, soudain ?

Winter descendit du véhicule, prit le bras de Josh, puis leva les yeux vers l'enseigne de l'immeuble, en face d'eux.

Musée phallologique national d'Islande, lut-elle sur la façade de l'immeuble. À côté d'elle, Josh clignait des yeux, incrédule.

— Liam nous a envoyés à un rendez-vous dans un musée rempli de… ?

— De pénis, oui, acheva une femme très chic qui apparut soudain à la porte, devant eux. C'est bien cela ! Nous sommes probablement le seul musée au monde à posséder un spécimen de pénis de chaque mammifère terrestre et marin vivant dans notre pays. Je vous en prie, entrez !

Déjà, le chauffeur s'éloignait, ne leur laissant aucune échappatoire. Winter échangea un regard perplexe avec Josh, qui haussa les épaules comme pour lui dire que c'était à elle de décider.

Elle resserra son manteau de fourrure autour d'elle, et dit :

— Bon, d'accord… Allons jeter un coup d'œil.

Une fois qu'ils eurent surmonté leur embarras initial, Winter dut admettre que le musée était vraiment intéressant, même si Josh et elle ne pouvaient s'empêcher de ricaner devant certaines des pièces exposées.

— Tu as vu le cachalot ? lui chuchota Josh dans la salle consacrée aux animaux marins.

Le musée étant officiellement fermé, ils avaient tout loisir d'admirer l'immense collection. Pour une fois, ils n'avaient pas à craindre qu'on les voie ensemble, mais ils s'amusaient trop pour s'engager dans une conversation sérieuse.

C'était… insolite. Et… libérateur.

Une fois la visite effectuée, Winter commença à avoir faim. Ils se dirigèrent alors vers la cafétéria déserte où une table nappée de blanc et ornée de bougies avait été dressée pour eux.

Stupéfaits, ils virent alors surgir un serveur qui les invita à s'asseoir et leur servit un repas simple mais délicieux. Même si ce n'était pas exactement le dîner gastronomique que Josh aurait souhaité lorsqu'il avait demandé à Liam d'organiser leur rendez-vous, il devait admettre que c'était beaucoup plus sympathique. Et la visite du musée avait détendu l'atmosphère entre eux, ce dont Josh se réjouissait.

Au cours du dîner, la conversation roula sur des sujets légers et futiles, et ce n'est que lorsqu'ils sirotèrent leurs cafés – servi avec des sucres en forme de pénis, évidemment ! – qu'il reprit le fil de leur échange précédent. De peur de rompre le charme, il baissa la voix pour demander :

— Alors, cela te plaît, de faire des films ?

Winter acquiesça, puis reposa lentement sa tasse dans sa soucoupe.

— C'est vrai. Plus même que ce que je croyais. Je veux dire... Je pense qu'au départ je voulais juste me mettre au défi d'essayer quelque chose de nouveau. Et peut-être me cacher un peu derrière la caméra, au lieu d'être devant. Mais je voulais surtout relancer ma carrière parce que j'avais échoué dans ma vie personnelle. C'est un peu cliché, mais c'est vrai...

Josh sentit son cœur se serrer en entendant ce constat. Elle se trompait. C'était *lui* qui avait échoué, pas elle. Lui qui n'avait pas été là quand elle avait eu besoin de lui. Lui à qui elle n'avait pas pu parler de ce qu'elle ressentait au fond d'elle. Il avait échoué en tant que mari, et cela lui avait coûté très cher.

Mais il ne dit rien, et Winter continua.

— J'ai vraiment apprécié cette expérience. J'ai aimé pouvoir raconter toute une histoire, et pas seulement celle d'un seul personnage. J'ai pu exprimer des choses qui comptaient pour moi à travers mes images. Tu as vu *Another Time and Place* ?

— Bien sûr que je l'ai vu ! Tu crois que je n'étais pas curieux de voir ton premier film en tant que réalisatrice ?

Elle rougit légèrement lorsqu'elle demanda :

— Qu'est-ce que tu en as pensé ?

Josh ne put s'empêcher de sourire.

— Tu as vraiment besoin de connaître mon avis ? Ta nomination n'a pas suffi à te rassurer sur ton talent ?

Elle secoua la tête.

— Les récompenses ne font pas tout, nous le savons tous les deux. J'aimerais savoir ce que, toi, tu en penses.

Une chaleur l'envahit à l'idée que son opinion comptait encore pour elle.

— J'ai adoré, déclara-t-il en toute honnêteté. Je l'ai trouvé intelligent, drôle, touchant... Et je t'ai reconnue dans chaque image.

— Merci, murmura-t-elle, les larmes aux yeux.

— Cela a dû te demander beaucoup de travail, dit-il quand elle se fut ressaisie. Je veux dire, c'est un film tellement... fort. La psychologie des personnages est très travaillée. Je sais à quel point il est difficile de jouer dans ce genre de film. Je ne peux pas m'imaginer en réaliser un...

Winter acquiesça.

— En effet, émouvoir le public est un vrai défi. J'ai eu de la chance avec mes acteurs. Melody en particulier, qui a vraiment compris ce que j'essayais de dire, et qui a interprété son rôle avec brio.

Elle avait raison, mais ce qu'elle venait de dire à propos de Melody le fit réfléchir.

— Ce que tu as déclaré lors de la conférence de presse, sur la seconde chance en amour, est-ce que c'était...

Il s'interrompit, ne trouvant plus les mots.

Il n'en avait pas besoin, car Winter saisit très bien ce qu'il voulait dire. Il en avait toujours été ainsi, même à la fin de leur relation, quand le dialogue était rompu.

Il pensait l'avoir comprise de la même façon. Apparemment, il se trompait.

— Tu veux savoir si le film était fondé sur mon expérience personnelle ? demanda-t-elle avec un sourire. Et si je cherchais à nouveau l'amour ?

— Oui.

L'idée qu'elle puisse rencontrer quelqu'un d'autre lui serrait le cœur. Mais ne faisait-il pas exactement la même chose ? Il essayait de tourner la page avec Winter pour pouvoir refaire sa vie, et pouvait difficilement lui reprocher d'avoir les mêmes aspirations.

Mais Winter secoua la tête.

— Non, je ne sors avec personne. Je me concentre sur ma carrière, et ça me suffit pour l'instant.

— Peut-être qu'un jour…

Pourquoi insistait-il ? Pour pouvoir ignorer l'immense soulagement qui l'envahissait ?

— Peut-être, dit-elle sans conviction.

La vague de soulagement se mua en un véritable tsunami, alors même que la culpabilité qui l'accompagnait grandissait. Il aurait dû lui souhaiter de passer à autre chose, être soucieux qu'elle retrouve le bonheur. C'était juste… l'idée qu'elle tombe amoureuse d'un autre homme comme elle était tombée amoureuse de lui qui le torturait. Qu'elle ressente de nouveau ces émotions grisantes, cette folle passion, ces nuits blanches passées à se chuchoter des mots tendres… Il voulait connaître à nouveau tout cela, réalisa-t-il, et qu'elle le connaisse aussi. Mais il n'arrivait pas à s'imaginer avec quelqu'un d'autre. Ou à l'imaginer, elle…

Le regard de Josh était devenu vague, comme s'il était perdu dans un monde dont elle ne faisait pas partie. Il était perdu tout court, supposait-elle, maintenant qu'ils étaient revenus à des sujets plus délicats.

Était-il déçu qu'elle ne soit pas passée à autre chose ? Avait-il espéré apprendre qu'elle s'était inscrite sur des sites de rencontres, afin de se sentir autorisé à faire la même chose ? Cela lui ressemblerait assez, songea-t-elle, car il avait toujours été très soucieux de son bien-être – plus que du sien.

À moins que…

Non. Elle ne pouvait pas se permettre de penser à cela. L'éventualité qu'il ne souhaite *pas* la voir passer à autre chose parce qu'il s'en abstenait lui-même.

Elle devrait changer de sujet. Parler de son prochain film, de leur étrange visite au musée, de *tout ce qui* n'était pas leur vie amoureuse.

— Et toi ? Est-ce que tu sors avec quelqu'un en ce moment ? Quelqu'un de sérieux ?

Les mots avaient jailli avant qu'elle ne puisse les arrêter.

— Non, il n'y a personne, répondit-il aussitôt. D'abord, je travaille tout le temps, et puis je m'occupe de ma mère et…

Il leva soudain les yeux et, quand son regard accrocha le sien, il sentit le souffle lui manquer.

Il finit par reprendre :

— Non, il n'y a personne dans ma vie.

Une nouvelle fois, elle entendit tous les mots qu'il n'avait pas dits, parce qu'elle les pensait aussi.

Il n'y a personne comme toi. Il ne pourra jamais y avoir personne comme toi.

Elle était sur la mauvaise pente. Il fallait se ressaisir, et vite ! Elle ne pouvait pas risquer de rechuter ainsi. Elle aurait dû s'enfuir dès qu'elle s'était aperçue que son cœur battait un peu plus fort en présence de Josh. Elle n'aurait jamais dû venir en Islande.

— Si on rentrait à l'hôtel ? suggéra-t-elle en se levant précipitamment. Dieu seul sait ce que Liam a prévu pour nous demain, mais je doute que ce soit aussi reposant que les activités d'aujourd'hui !

— Oui, tu as raison, répondit Josh en se levant à son tour.

Ils remercièrent les employés du musée qui étaient restés tard pour leur permettre de passer ensemble cette soirée pour le moins inhabituelle.

Il était très tard, réalisa-t-elle lorsque le chauffeur lui ouvrit la portière. Ils avaient dû parler pendant des heures et, maintenant qu'ils avaient cessé, la fatigue la rattrapait. Elle s'assoupit dans la voiture qui les ramenait à l'hôtel, et s'appuya sur le bras de Josh lorsqu'il l'aida à sortir.

Ils se faufilèrent par la porte latérale et traversèrent les couloirs faiblement éclairés en direction de leurs suites communicantes.

Mais en arrivant devant sa chambre, elle se rendit compte que, malgré toutes ses bonnes intentions, elle n'était pas encore tout à fait prête à prendre congé de Josh. Peut-être n'aurait-elle pas dû venir en Islande. Mais maintenant qu'elle était là, elle ne pouvait pas ignorer les émotions qui s'emparaient d'elle.

C'était peut-être la dernière fois qu'elle passait un moment privilégié avec lui.

— Merci pour cette soirée, dit-elle doucement, appuyée au chambranle de sa porte.

— Je pense qu'on devrait remercier Liam pour ce lieu romantique à souhait ! plaisanta-t-il. En tout cas, je *te* remercie pour ta compagnie. C'était bien de passer un peu de temps seuls, juste nous.

Il lui sourit, et elle lui rendit son sourire. Les mots

étaient devenus inutiles, soudain. Et, de toute façon, ils n'auraient pas pu les dire pour exprimer ce qu'ils ressentaient au plus profond d'eux-mêmes.

Ils avaient dépassé ce stade. Elle l'avait quitté il y a cinq ans, et il n'y avait pas de retour en arrière possible, même si elle l'avait voulu.

Cela ressemblait à un adieu. Un vrai, cette fois.

Mais, quand il se pencha pour déposer un baiser sur sa joue en murmurant : « Bonne nuit, Winter » tout contre sa peau, elle commença à en douter.

— Bonne nuit, balbutia-t-elle en retour.

Puis, avant qu'elle ne puisse s'en empêcher, elle tourna son visage et posa ses lèvres sur les siennes.

Pendant un instant, elle se perdit dans ce baiser, savourant la chaleur de sa bouche sur la sienne, la pression de sa main sur sa hanche alors qu'il répondait avec chaleur à son baiser. Comme il l'approfondissait, elle le sentit se durcir contre son ventre…

Il s'écarta d'elle.

— Winter…

Josh posa son bras au-dessus de sa tête, sur la porte, et planta ses yeux bleus dans les siens. Il avait l'air… anéanti.

— Je… Nous…

— Oui, bien sûr.

Il s'agissait bien d'un adieu. Et elle avait tout gâché.

— Ce que je veux dire, c'est que…

— Tu as raison ! s'exclama-t-elle un peu trop brusquement, en se libérant de son étreinte.

Elle fouilla dans sa pochette pour trouver la carte de sa chambre, et fut soulagée de pouvoir la glisser sans trembler dans la serrure.

— Il faut que je me repose. On se verra demain…

Elle se faufila dans sa chambre et referma doucement la porte derrière elle pour ne pas réveiller Jenny.

Puis elle s'appuya au battant pour écouter les pas de Josh qui s'éloignait.

9

Josh ne dormit pas beaucoup, cette nuit-là. Comment l'aurait-il pu, après ce baiser ? Alors que Winter s'était abandonnée entre ses bras ?

Il aurait voulu dire tant de choses, après avoir rompu leur baiser. Mais les mots ne venaient pas. Peut-être n'y avait-il simplement pas de mots pour décrire tout ce qu'il ressentait. Mais il devrait pourtant en trouver pour que Winter comprenne.

En lisant la douleur dans ses yeux lorsqu'il s'était écarté d'elle, il avait su tout de suite qu'il avait fait le mauvais choix, une fois de plus. Qu'elle avait mal compris, qu'elle avait cru qu'il ne voulait pas d'elle alors qu'en réalité elle était la seule femme qu'il ait jamais voulue…

Ces cinq dernières années, il pensait être passé à autre chose, mais pendant tout ce temps il s'était accroché sans s'en rendre compte à l'espoir de renouer avec Winter. Mais de là à céder à la tentation, il y avait un pas qu'il n'aurait pas dû franchir…

Josh n'était pas sûr de pouvoir supporter la douleur qu'il ressentirait au moment de lui dire au revoir à nouveau, pour de bon cette fois. Parce qu'ils savaient déjà qu'eux deux ça ne pouvait pas marcher.

Alors que l'aube approchait, il renonça à s'assoupir et

sortit du lit. Sa douche le réveilla un peu, et il s'habilla à la hâte pour aller prendre un bon café.

Ni Winter ni Jenny n'étaient attablées au restaurant, ce qui ne le surprit pas vraiment. Cela faisait à peine quelques minutes qu'il était assis devant son petit déjeuner que Liam prit place en face de lui.

— Alors, comment s'est passé ton rendez-vous d'hier soir ? demanda-t-il, un sourire flottant sur ses lèvres.

Josh haussa les sourcils.

— Tu parles de notre visite guidée du Musée du pénis ?

Cela lui valut un rire franc de la part de son ami.

— Je suis désolé, je n'ai pas pu résister. Et j'ai pensé que ce serait un bon moyen de briser la glace, au moins.

— C'est vrai, admit Josh. Cela a sérieusement détendu l'atmosphère.

— Ça s'est bien passé, alors ?

— Oui, pour l'essentiel, répondit Josh évasivement.

Il ne voulait pas trop en dire pour l'instant, pour la bonne raison qu'il n'en savait rien lui-même.

— Alors, qu'est-ce qui est prévu pour aujourd'hui ? reprit Josh en espérant que Liam lui dirait qu'ils avaient quartier libre.

Peut-être pourrait-il alors entraîner Winter dans son bassin privé afin d'évoquer leur baiser de la veille...

D'un autre côté, il n'était pas sûr de pouvoir résister à la tentation de l'embrasser de nouveau.

— Le Cercle d'Or, dit Liam avec enthousiasme. Les geysers, les chutes d'eau et les sites emblématiques de la région !

— Ça a l'air super, dit Josh sans conviction.

— Oui, belle journée en perspective, promit Liam. Crois-moi, tu n'as rien vu tant que tu n'as pas visité la cascade de Gullfoss.

Liam avait réservé un autocar pour les emmener faire le tour du Cercle d'Or, et il était bien plus luxueux que les véhicules habituels. Il s'y installa sans tarder et utilisa le wi-fi pour lire quelques informations sur le circuit. Il se doutait bien qu'il ne retiendrait pas grand-chose, car son regard ne cessait de dériver vers l'avant du véhicule, à la recherche de Winter.

Mais elle n'était pas là.

Au fur et à mesure que l'autocar se remplissait, son inquiétude grandissait. Avait-elle décidé de ne pas venir ? Voulait-elle à ce point l'éviter ?

Il s'apprêtait à descendre pour partir à sa recherche lorsqu'il aperçut le pompon multicolore de son bonnet, et la tête blonde de Jenny juste derrière elle.

Les deux sièges devant lui étaient vides, mais Winter et Jenny passèrent devant lui en le saluant d'un signe de tête et se dirigèrent vers le fond. Josh lança un regard inquiet à Liam lorsqu'il vint s'asseoir près de lui.

— On dirait que le rendez-vous d'hier ne s'est pas déroulé aussi bien que tu le pensais, mon pote ! lança-t-il.

Josh l'ignora et se recroquevilla sur son siège.

— Es-tu absolument certaine de ne pas vouloir me raconter ce qui s'est passé hier soir ?

Jenny avait parlé à voix basse pour ne pas risquer d'être entendue des autres voyageurs.

— Je te l'ai déjà dit, répondit sèchement Winter. Nous avons visité ce ridicule Musée phallologique, puis nous sommes rentrés à la maison. C'est tout.

Le regard sceptique de Jenny la mettait mal à l'aise, et Winter se détourna pour regarder le paysage qui défilait par la fenêtre.

La neige était tombée dans la nuit, et le sol rocailleux était devenu blanc. Les routes étaient dégagées, ce qui indiquait que les habitants étaient bien équipés pour lutter contre le froid.

Elle se demandait à quoi ressemblerait le lagon sous la neige, si Josh et elle s'y retrouvaient ce soir. Les flocons fondraient au contact de l'eau, et ils se blottiraient l'un contre l'autre pour les regarder tomber. Il passerait son bras autour de ses épaules et l'embrasserait à nouveau…

Non, il ne fallait pas qu'elle pense à cela. Mieux valait écouter Liam parler dans le micro des sites passionnants qu'ils allaient visiter aujourd'hui.

Elle ne s'imaginait pas embrasser à nouveau son ex-mari.

Céder à ses désirs avec Josh ne pourrait que la faire régresser, la pousser à redevenir la femme qu'elle avait été jadis, et annihiler tous les efforts qu'elle avait fournis pour s'émanciper.

En secouant la tête, Winter se força à se concentrer à nouveau sur les explications de Liam jusqu'à ce qu'ils atteignent leur première destination : le parc national de Thingvellir. Toutefois, comme elle ne se souvenait pas d'un mot de ce qu'elle était censée observer à leur arrivée, elle dut admettre qu'elle s'était peut-être un peu égarée.

Les autres se dirigèrent droit vers le centre d'accueil des visiteurs, sans doute pour bavarder avec le guide officiel et éviter de geler dans l'air glacial, mais Winter resta à l'extérieur et contempla l'étrange géologie des lieux.

La terre semblait écartelée, et deux profondes brèches fendaient la terre et la roche. Des flocons de neige tombaient de part et d'autre de ces crevasses gigantesques, et de l'autre côté du canyon, derrière un grand lac, on apercevait une petite église blanche et une maison de la même couleur, toutes deux presque invisibles sur le fond gris pâle du ciel lourd de neige.

— C'est le point de rencontre de deux continents...

La voix de Josh la fit sursauter, et elle se retourna brusquement pour le découvrir à quelques pas de là, en train de l'observer.

— C'est la ligne de faille entre les plaques eurasienne et nord-américaine.

— C'est un peu comme toi et moi alors ! dit Winter en admirant la superbe vue. Tes origines américaines contre mes racines britanniques...

Leurs différences n'avaient jamais vraiment semblé constituer un fossé entre eux auparavant, mais Winter se rendit soudain compte qu'elle avait besoin de se concentrer sur toutes les choses qui les séparaient, plutôt que sur ce qu'ils avaient en commun.

C'était plus sûr.

Si elle pensait trop à ce qui les avait réunis... cela risquait de mal finir. Comme hier, par exemple.

Mieux valait ne pas s'y risquer à nouveau.

— Les tremblements de terre sont fréquents ici, poursuivit Josh, dont la voix était de plus en plus proche. Mais ils sont trop faibles pour qu'on puisse les ressentir.

Si elle se retournait, elle se retrouverait probablement dans ses bras...

Winter se força à ne pas bouger.

— C'est ici que s'est tenue la première assemblée générale d'Islande, le premier parlement représentatif, au Xe siècle.

Allait-il continuer à jouer les guides touristiques jusqu'à ce qu'elle lui adresse de nouveau la parole ? Probablement.

— Tu as écouté les explications de Liam dans le car, n'est-ce pas ? dit-elle. Moi aussi, tu sais...

— Mais les as-tu vraiment entendues ?

Elle haussa les épaules.

— On n'entendait pas très bien à l'arrière du car.

Ou plutôt elle était trop préoccupée pour se concentrer...

Dans un soupir, Josh s'installa près d'elle. En jetant un coup d'œil de côté, elle le vit croiser les bras sur sa poitrine tout en observant la vue sur la brèche, en contrebas.

— C'est assez impressionnant, dit-elle.

Soudain, il tendit la main pour saisir la sienne.

— Winter... À propos d'hier soir...

Elle l'interrompit avant qu'il puisse continuer.

— En fait, je crois que je préférerais l'oublier. Et puis, il fait froid ici ! Je voudrais visiter un peu cet endroit avant que Liam ne nous ordonne de retourner dans l'autocar !

Sans se retourner, elle se dirigea vers le centre dédié aux visiteurs et ses expositions fascinantes sur la géologie et l'histoire de l'Islande.

C'était clair, maintenant : Winter l'évitait, et ne voulait pas reparler du baiser qu'ils avaient échangé.

De toute façon, songea-t-il, il y avait tant de monde autour d'eux qu'il n'aurait sans doute pas l'occasion de bavarder tranquillement avec elle avant la fin de cette excursion. Il fallait patienter.

À l'étape suivante du circuit du Cercle d'Or, ils observèrent les jets d'eau chaude du Strokkur qui jaillissaient du sol vers le ciel enneigé. Puis, une fois que le guide leur eut expliqué le mystère de ces geysers, ils remontèrent dans le car en direction de Gullfoss.

Le paysage de l'Islande ne ressemblait à rien de ce que Josh avait vu auparavant, et les films et les séries télévisées qui y avaient été tournés n'en offraient qu'un pâle avant-goût. Tout lui semblait inconnu, instable, et cela ne l'aidait pas à se sentir plus à l'aise, plus enclin à tenter de construire avec Winter une nouvelle amitié.

Amitié ? Quoi que Liam ait espéré en les invitant ici tous les deux, il ne pourrait jamais y avoir de simple amitié entre eux. Ils ressentaient tous les deux trop de choses l'un pour l'autre, et s'étaient déjà fait trop de mal pour cela.

Mais que leur restait-il, alors ?

Après l'avoir retrouvée, Josh n'était pas sûr de pouvoir la laisser partir. Auprès d'elle il avait ressenti plus d'émotions en trois jours qu'en cinq ans sans elle.

La veille, le baiser qu'ils avaient échangé avait tout fait basculer. Certes, ils n'étaient pas faits pour le mariage. Ils ne pouvaient pas vivre un conte de fées ensemble, ils l'avaient prouvé. Mais il restait très attiré par elle, et manifestement c'était réciproque.

Pouvait-il oublier tout ce qu'il avait cru vouloir toute sa vie, tout ce qu'il avait cru trouver avec Winter avant qu'elle ne le quitte ? Pourrait-il accepter de renoncer à ses espoirs ?

Il n'en était pas certain. Mais il allait devoir se décider. Et vite. Il ne leur restait qu'un temps limité à passer en Islande, puis Winter s'éloignerait à nouveau de lui. S'il ne voulait pas que cela se produise... eh bien, il devait faire en sorte d'avoir une conversation avec elle.

La grande question était de savoir ce qui serait le plus grave : ses regrets s'il ne tentait pas le tout pour le tout pour la reconquérir, ou la douleur de la voir partir à nouveau ?

Josh n'était pas sûr qu'il y ait une bonne réponse...

La dernière étape du circuit du Cercle d'Or était la cascade de Gullfoss. L'autocar se gara sur le parking près du centre d'accueil, mais cette fois-ci personne ne se précipita à l'intérieur, car tout le monde voulait d'abord voir la célèbre chute d'eau.

Josh les suivit, observant Winter et Jenny avancer sur la passerelle qui menait au point d'observation, en se méfiant des plaques de glace. La neige s'était déposée sur le sol autour de la chute d'eau et sur les rochers qui émergeaient du lit de la rivière. De l'autre côté des chutes, là où même le faible soleil d'hiver ne brillait pas, de la glace s'était formée, étrange contraste avec la vapeur qui s'élevait du ravin où les cascades heurtaient les eaux glacées de la rivière en contrebas.

Alors qu'il se dirigeait vers le promontoire qui surplombait le gouffre, le grondement s'intensifia, à tel point qu'il ne pouvait plus entendre les conversations des personnes qui l'entouraient.

Cela lui donna une idée.

Déjà, des membres de leur groupe commençaient à se hâter vers le centre d'accueil pour y trouver un peu de chaleur. Josh les regarda partir jusqu'à ce qu'il n'en reste plus qu'une poignée, puis se dirigea vers Winter, accoudée au garde-corps.

Ici, personne ne les reconnaîtrait, ni n'entendrait un seul mot de ce qu'il disait.

Il s'approcha tout près d'elle et, la bouche presque contre son oreille, il dit :

— Il faut qu'on parle, Winter...

Le grondement de l'eau avait dû couvrir le bruit de ses pas, car elle sursauta. Elle lui jeta un regard étonné par-dessus son épaule.

— Et si je n'étais pas prête à avoir cette conversation ? répondit-elle.

Il dut lire sur ses lèvres pour saisir ses mots qui lui arrachèrent un sourire ironique.

— Ça fait cinq ans, Winter ! Si nous ne nous parlons pas maintenant, quand le ferons-nous ?

Comme elle ne répondait pas, il prit son silence comme une invitation à poursuivre.

— J'y ai pensé toute la journée. Je n'ai cessé d'y penser depuis le moment où je t'ai laissée devant ta chambre, hier soir. Depuis la seconde où tes lèvres ont quitté les miennes. Et... je sais maintenant que je ne peux pas supporter l'idée d'un monde où je ne pourrais plus jamais t'embrasser.

Son souffle haché lui indiqua que, quoi qu'elle ait pu attendre de sa part, il l'avait surprise.

— Je sais que nous avons échoué dans notre mariage, et que nous ne pourrons plus jamais vivre ensemble un conte de fées, mais... peut-être que ce n'est plus ce dont j'ai envie, souligna-t-il.

— Tu te trompes, répliqua-t-elle avec fermeté. C'est ce dont tu as envie, et je ne peux pas te le donner.

Elle avait raison. Il savait qu'elle avait raison. Mais cela ne semblait plus avoir d'importance, désormais.

Il ne leur restait que quelques jours à passer en Islande. Des jours pendant lesquels il pourrait revivre un peu de leur bonheur passé, si elle le laissait faire. Et après cela...

Un pas après l'autre. Il fallait d'abord la convaincre. Alors il se jeta à l'eau, et dit avec l'énergie du désespoir :

— Mais tu peux me donner autre chose. Peut-être que ce que nous recherchons tous deux n'est pas un adieu. Cela ne me satisfait pas, en tout cas. J'ai besoin de toi.

10

Le vent emporta les paroles de Josh, mais elles continuèrent de résonner dans la tête de Winter alors qu'elle essayait de leur donner un sens.

La confusion qu'elle lut dans ses yeux trahissait son incompréhension : il ne saisissait pas plus qu'elle l'attirance qui persistait entre eux.

Elle était partie. Elle avait passé cinq ans à reconstruire sa vie sans lui. Et maintenant…

Maintenant, tout ce qu'elle voulait, c'était lui appartenir à nouveau.

— Jusqu'aux prochains adieux, c'est ça ? Tu cherches… un moyen satisfaisant de mettre un terme à notre histoire ?

— Une dernière fois…, chuchota Josh, si près de son oreille qu'elle sentit son souffle, malgré le rugissement des flots.

Ce ne serait pas suffisant, elle le savait d'instinct. Mais si c'était ce dont il avait besoin pour aller de l'avant…

— Une vraie fin, murmura-t-elle pour elle-même.

C'était ce qui leur avait manqué, elle le comprenait maintenant. En s'enfuyant comme elle l'avait fait, elle les avait privés d'une rupture en bonne et due forme.

Elle n'avait pas été capable de l'affronter, ni d'affronter ses sentiments, à l'époque. Mais cette semaine… ils l'avaient fait, ensemble. Ils avaient abordé tous les sujets, même les plus difficiles, et avaient enfin prononcé des mots trop longtemps retenus.

Il ne restait plus qu'à se dire au revoir.

— Tu as raison, approuva-t-elle. Tout s'est terminé si brutalement entre nous ! Et ces derniers mois avec la grossesse, la maladie, la fausse couche... Peut-être que ce dont nous avons besoin, c'est de terminer les choses correctement.

Une dernière fois pour se souhaiter bonne chance...

C'était ce qu'il avait l'habitude de dire avant de l'embrasser lorsqu'il partait pour un tournage.

— Je propose qu'on essaye, qu'en dis-tu ?

Il lui sourit, le vent glacial rougissant ses joues, et elle lui rendit son sourire.

Ils pouvaient le faire. *Elle* pouvait le faire. Sinon, à quoi avaient servi ces cinq dernières années ?

— D'accord, acquiesça-t-elle. Rejoins-moi dans le lagon, ce soir.

Winter avait prévu d'attendre que Jenny aille se coucher, ou de trouver une excuse pour se rendre seule au lagon, ce soir-là, mais à sa grande surprise son assistante disparut sans explications sitôt le dîner terminé, et elle put se faufiler discrètement dehors, en bikini et peignoir éponge, deux tasses de chocolat chaud à la main.

Josh l'attendait déjà dans le bassin privé, le torse presque entièrement immergé mais les bras étendus sur les rochers en une pause très décontractée. Winter laissa son regard courir sur les muscles de ses épaules, avant de croiser son regard et de le gratifier d'un sourire plein de promesses.

— J'ai apporté du chocolat chaud, dit-elle en posant les tasses sur la terrasse.

— Le chocolat chaud est toujours une bonne idée, répondit Josh. Maintenant, viens vite avant de te transformer en glaçon !

Elle fit glisser le peignoir de ses épaules et entra dans l'eau. Le froid était mordant. Elle se réchauffa vite, mais éprouva malgré tout le besoin irrépressible de s'approcher de Josh, comme pour se blottir dans la chaleur de son corps.

Elle croisa son regard bleu, obscurci par le ciel nocturne.

— Winter, je…

Il s'interrompit, visiblement aussi incapable qu'elle de trouver les mots.

Peut-être n'avaient-ils plus besoin de mots. Peut-être les avaient-ils déjà tous prononcés.

Soudain, elle sentit des bras puissants s'enrouler autour de sa taille et l'instant d'après elle l'embrassait éperdument. Cette fois, Josh ne s'écarta pas d'elle, et murmura dans son cou :

— Es-tu sûre que… c'est ce que tu veux ? Ce n'est pas pour ça que nous sommes venus en Islande…

Elle acheva la phrase à sa place.

— Mais c'est ce dont nous avons besoin…

Il releva la tête et, quand son regard rencontra le sien, elle sut qu'ils étaient sur la même longueur d'onde, pour la première fois depuis des années.

— Veux-tu… que nous allions dans ta chambre ? souffla-t-elle.

Il lui sourit, et il ne s'agissait pas d'un sourire de cinéma, comme ceux qu'il réservait à ses admiratrices, mais d'un sourire franc, sincère, et… délicieusement sexy. Un sourire qu'il n'offrait qu'à elle, dans des moments très intimes. Comme ce sourire lui avait manqué !

De nouveau, sa bouche se posa sur son cou.

— Pas encore… J'ai beaucoup fantasmé dans ce lagon, cette semaine, tu sais. Et j'aimerais bien…

Elle l'interrompit d'un doigt posé sur ses lèvres, et sentit une forte excitation s'emparer d'elle. Elle aussi avait rêvé de faire l'amour dans le lagon…

Comme elle fermait les yeux, elle sentit les mains de Josh sur le haut de son bikini.

— J'espère que cet endroit est aussi discret que Liam l'a promis, plaisanta-t-elle tandis qu'il lui retirait la minuscule pièce de tissu.

— Quoi de plus naturel, dans un endroit comme celui-ci ?

Tandis qu'il lui caressait les seins, elle s'assit à califourchon sur ses genoux pour mieux s'offrir à lui.

— Tourne-toi, lui souffla-t-il à l'oreille, et Winter obéit, tremblante de désir.

Son érection était si dure, contre ses reins, qu'elle sentit l'impatience la gagner. Elle le voulait en elle, au plus profond de son intimité. Cela faisait si longtemps ! Josh pinça légèrement la pointe d'un sein entre le pouce et l'index, comme avant. Et, comme avant, il lui arracha un petit cri de plaisir. Quand, de nouveau, sa bouche trouva son cou, une onde de chaleur monta en elle, à la fois douce et intense…

C'était lui. C'était *eux.* Comme ça l'avait toujours été. Comment avait-elle pu renoncer à ça ? songea-t-elle dans une demi-transe.

Soudain, il glissa la main entre ses jambes et effleura le cœur de sa féminité. La tête posée sur son épaule, elle s'abandonna au désir qui la consumait, et bientôt il n'y eut plus rien d'autre au monde que cette vague de plaisir qui menaçait de la submerger. Les muscles tendus à l'extrême, elle s'arc-bouta contre lui…

Quand l'orgasme la prit, irrépressible, implacable, elle s'y abandonna sans retenue, dans un long soupir de plaisir.

— Si on rentrait, maintenant ? suggéra Josh d'une voix rauque, qui décupla l'envie qu'elle avait de lui. Ton lit ou le mien ?

Josh se réveilla dans son lit, le lendemain matin, et comprit tout de suite que cette nuit avait tout changé entre lui et Winter. Sa tête au creux de son épaule et son bras pâle et doux enroulé autour de son torse en témoignaient.

Il avait couché avec Winter. Il avait renoué avec son ex-femme, cinq ans après qu'elle lui eut brisé le cœur, et il n'avait aucun regret. Au contraire, il se sentait tellement bien qu'il n'avait qu'une envie : recommencer.

Les regrets, ce serait pour plus tard. Il ne pouvait pas gâcher la magie de cet instant.

Quand on frappa à la porte, il se tendit. Winter remua dans ses bras, et se rendormit aussitôt. Il attendit dans l'espoir de décourager l'importun, mais il insistait. Avec un soupir de frustration, Josh se libéra doucement de l'étreinte de Winter, enfila un caleçon et se dirigea vers la porte.

— Oui ?

Il entrouvrit le battant et découvrit le visage souriant de Liam.

— Tu te rends compte que tu viens de manquer une visite guidée de Reykjavik en ce moment ? Et le petit déjeuner ? lança son ami d'un ton qui lui parut trop léger pour être honnête. J'ai préféré venir vérifier que tout allait bien.

— Tout va bien, merci..., répondit Josh d'un ton sec, en faisant mine de refermer la porte.

Pas question que son ami découvre son ex-femme dans son lit !

Mais il insista.

— Tu es sûr ? Figure-toi que Winter a manqué le petit déjeuner, elle aussi, et la visite ! Jenny ne l'a pas vue rentrer dans leur suite, hier soir...

Josh sortit dans le couloir et tira la poignée de la porte vers le haut pour qu'elle ne se verrouille pas derrière lui. Par chance, leurs chambres se trouvaient à l'écart des autres, de sorte qu'il ne risquait pas trop d'être vu en caleçon...

— Nous essayons... quelque chose de nouveau, Winter et moi, confia-t-il à son ami.

Liam haussa les sourcils.

— Nouveau ? répéta-t-il, perplexe. Honnêtement, dans le domaine, je ne crois pas qu'il y ait grand-chose de nouveau ! À moins que vous ne vous soyez montrés particulièrement créatifs ? Tu veux m'en parler, peut-être ?

— Tu ne peux pas être sérieux, pour une fois ? gronda Josh, excédé.

Le sourire de Liam s'évanouit.

— Écoute, répondit-il, Jenny s'inquiète pour Winter, et moi aussi. Et je me fais du souci pour toi aussi. Sais-tu vraiment ce que tu es en train de faire ?

Josh repensa à leur étreinte de la veille. Winter s'était abandonnée entre ses bras, sans aucune crainte. Dans le feu de la passion, il avait caressé, embrassé tout son corps, comme pour le graver dans sa mémoire à jamais, au cas où elle lui serait de nouveau arrachée.

Savait-il ce qu'il faisait ?

Oui. Il lui dirait au revoir. Adieu, même.

— Je prends un risque, c'est vrai, dit-il doucement.

Parce que, honnêtement, Liam, je ne sais pas quoi faire d'autre. Nous avons parlé et parlé encore, pendant cette semaine. Nous avons mis les choses au point, et cela n'a pas toujours été facile, mais je crois que nous nous comprenons mieux, désormais.

— Alors, vous êtes de nouveau ensemble ? demanda Liam d'un ton à la fois dubitatif et désapprobateur.

— Ce n'est pas exactement ce qui est prévu...

Josh grimaça en réalisant qu'à la lumière du jour reprendre pied dans la réalité risquait d'être difficile.

— Alors, c'est quoi, au juste ?

— Nous nous sommes dit que, si cette mise au point ne nous avait pas aidés à tourner la page, alors il y avait peut-être une autre solution.

De plus en plus perplexe, Liam éclata de rire.

— Ah, je vois ! Vous vous êtes dit que coucher ensemble vous aiderait à y voir plus clair dans votre relation, c'est ça ? Tu n'as pas vu assez de comédies romantiques pour savoir que ça *ne* marche *jamais* ?

Accablé, tout à coup, Josh s'adossa au mur.

— Mais... nous n'avions pas eu l'occasion de nous dire au revoir *vraiment*, rétorqua-t-il, à court d'arguments.

— Et maintenant ? insista Liam. Tu as l'impression que tu peux passer à autre chose, maintenant ?

L'image de Winter allongée sur son lit, ses cheveux noirs étalés sur les draps blancs, son corps comblé, alangui et paisible, s'immisça dans son esprit.

— Non, dit-il avec franchise.

Comment pourrait-il passer à autre chose ? Renoncer à eux ? À l'amour qu'il avait jadis eu pour elle et qu'il aurait toujours ?

Se pourrait-il qu'il ait tout gâché, tout détruit une fois de plus, à cause d'un moment d'égarement ? Comme il laissait échapper un juron, Liam, compatissant, posa amicalement la main sur son épaule.

— Je crois en effet que vous avez encore des choses à vous dire, tous les deux.

Sans doute. Mais Josh ne voulait plus parler. Il avait déjà beaucoup trop parlé. Et il ne voulait pas non plus dire adieu à Winter. Alors qu'est-ce qu'il voulait ? Il voulait réessayer. Croire que les choses pouvaient être différentes, cette fois-ci. Plus faciles…

Il voulait lui rappeler à quel point ils étaient heureux, avant que tout ne tourne mal. Il gardait l'espoir qu'ils pouvaient l'être à nouveau et faire les choses différemment, cette fois-ci.

Si les sentiments qu'il éprouvait pour elle étaient partagés, alors tout irait pour le mieux, il en avait la certitude.

Liam l'observait, les yeux mi-clos.

— Qu'est-ce que je peux faire pour toi ?

Josh secoua la tête.

— Je pense que cette fois-ci il faut que je me débrouille tout seul.

C'est alors qu'une idée lui vint à l'esprit.

— En fait, si, il y a une chose que tu peux faire. Aide-moi à trouver le bon endroit pour lui parler !

En effet, il avait le sentiment que Winter ne demandait qu'à être convaincue et pour cela il fallait se montrer créatif.

— Tu veux retourner au Musée phallologique ? demanda Liam.

— Sûrement pas ! Je pensais à quelque chose de plus… romantique.

— Comme ?

Josh sourit.

— Laisse-moi enfiler un pantalon, et je te le dirai.

— Où allons-nous exactement ? demanda Winter, le lendemain matin, tandis que Josh l'emmenait dans la voiture qui les attendait devant l'hôtel.

— C'est une surprise, dit Josh. Fais-moi confiance.

— La dernière fois que tu m'as conduite à un rendez-vous surprise... nous nous sommes retrouvés au Musée phallologique islandais, lui rappela Winter.

— Ah, mais cette fois ce n'est pas Liam qui a choisi l'endroit !

— Je suis rassurée, alors...

Ils avaient passé les dernières vingt-quatre heures dans une douce béatitude, ne quittant la suite de Josh ou le lagon que pour aller dîner avec Liam et Jenny, avant de se retirer de nouveau dans leur nid d'amour...

Winter avait également fait mine de ne pas remarquer les regards brûlants que se jetaient Liam et son assistante car, si elle commençait à poser des questions à leur sujet, elle était sûre qu'ils voudraient eux aussi en savoir plus sur le couple qu'elle formait avec Josh.

Or c'étaient des questions auxquelles elle n'avait pas de réponse. Elle ignorait en effet totalement ce qui se passerait lorsqu'ils devraient tous deux retrouver leur vie d'avant.

Josh et elle avaient échoué une première fois, et leur union en avait subi les conséquences. Maintenant, elle était concentrée sur sa carrière, et ne partageait plus les vues et les aspirations de Josh sur ce que devait être un mariage parfait. De plus, elle ne voulait pas que sa réputation naissante de réalisatrice souffre de l'intérêt que le public manifestait pour sa vie amoureuse. Elle refusait de se perdre à nouveau de cette façon, d'être harcelée par les médias. Elle avait besoin d'intimité, pas de célébrité.

C'est ce qu'elle avait rappelé à Josh lorsqu'il l'avait

embrassée, à l'entrée du restaurant de l'hôtel, la veille au soir. Dans le feu de la passion, elle avait répondu à son baiser, puis s'était empressée de le repousser en imaginant tous les regards tournés vers eux.

Elle espérait que les deux influenceuses qu'elle avait croisées en regagnant sa table n'avaient pas remarqué ses cheveux ébouriffés, son rouge à lèvres à moitié effacé… ou l'air hébété de Josh lorsqu'il l'avait suivie, quelques secondes plus tard.

Mais maintenant, alors qu'ils se dirigeaient vers un endroit éloigné du monde, un endroit que Josh avait choisi, elle avait le sentiment qu'il cherchait des réponses, et elle se sentait prête à lui en donner. Mais était-elle prête à se montrer totalement honnête envers lui, et envers elle-même ?

— Cet endroit est incroyable !

Winter jetait des regards émerveillés autour d'elle. La petite maison toute de verre et d'acier que Josh avait choisie n'offrait pas beaucoup d'intimité mais, heureusement, il n'y en avait pas d'autre à la ronde. Ils étaient au milieu de nulle part, dans ce lieu étrange dont l'espace central était occupé par un grand lit recouvert de fourrure. Manifestement, Josh ne l'avait pas emmenée ici uniquement pour parler…

— C'est l'endroit idéal pour admirer les aurores boréales, expliqua-t-il en souriant.

Il s'approcha d'elle et enroula tendrement les bras autour de son cou.

— J'ai dit à Liam que je voulais quelque chose de vraiment romantique, cette fois-ci, un endroit où nous pourrions nous détendre sans craindre que quelqu'un nous voie. Et je lui ai dit aussi que je voulais admirer les aurores boréales.

C'était parfait. Du poêle à bois qui occupait un coin de la vaste chambre à la petite kitchenette où elle apercevait un panier-repas, tout était beau, paisible, et Winter ne pouvait pas imaginer meilleur scénario pour passer leur dernière nuit en Islande.

Même si le ciel était voilé, ce soir, elle savait qu'ils profiteraient au maximum de ce lieu extraordinaire.

Elle se dirigea vers le lit et s'allongea sur le dos pour admirer le ciel à travers le dôme de verre.

Josh la rejoignit, une bouteille de champagne à la main, et déposa une petite boîte de chocolats sur la table de nuit.

— Tu as vraiment pensé à tout…, murmura-t-elle tandis qu'il faisait sauter le bouchon de la bouteille.

— J'espère n'avoir rien oublié…

Il lui tendit une coupe de champagne.

— Ça te convient ?

C'était *magique*.

Winter prit une gorgée de champagne, laissant les bulles éclater sur sa langue, avant de porter un toast.

— À nous ! C'est merveilleux, d'échapper à la réalité l'espace d'un moment.

Josh fit tinter son verre contre le sien.

— Aux nouveaux départs !

Alors que le doute s'insinuait dans son esprit, Winter s'efforça de sourire et noya ses inquiétudes dans une nouvelle gorgée de champagne.

Ils étaient venus dans cet endroit merveilleux pour s'amuser. La réalité pouvait attendre.

11

— Je n'ai jamais rien vu d'aussi beau ! murmura Winter à son oreille. C'est magnifique !

Beaucoup plus tard, ils purent enfin admirer une superbe aurore boréale. Pour Josh, c'était un signe du destin car, même si la période de l'année était propice à son observation, elle aurait pu facilement disparaître derrière la couverture nuageuse ce soir.

Mais elle était là, avec ses reflets verts, blancs et violets, et Josh était ravi de pouvoir en profiter. Il avait bien fait d'emmener Winter ici !

Il l'attira dans ses bras, et ils se blottirent sous les fourrures pour admirer encore et encore à travers le plafond de verre l'incroyable phénomène qui se déroulait au-dessus d'eux.

Le ciel n'est pas aussi beau que toi, pensa-t-il, mais il garda cela pour lui. Cela ressemblait à un dialogue de film un peu cliché, et il savait qu'elle n'apprécierait pas.

Mais il le pensait quand même.

— C'est mieux que le Musée du pénis, non ?

Elle eut un petit rire.

— Disons que c'est… différent, dit-elle au bout d'un moment. Le musée était amusant, et je pense que nous en avions besoin pour nous détendre.

— Souviens-toi, nous nous sommes embrassés, ce soir-là, souligna Josh en souriant. Alors ça ne devait pas être aussi terrible que ça !

— En plus, cela nous a permis de passer du temps ensemble, de renouer le dialogue.

Ils avaient fait bien plus que discuter, ou flirter, et malgré le naufrage de leur mariage Josh recommençait à espérer. Il savait, maintenant, ce qu'il n'aurait pas dû faire, et ne demandait pas mieux que de se voir accorder une seconde chance. Peut-être qu'il pourrait réussir, cette fois-ci.

Si elle le laissait faire… Son cœur se serra à l'idée qu'ils étaient peut-être ensemble pour la dernière fois. Dans le coin, le poêle à bois crépitait et réchauffait la pièce. Les restes du repas qu'ils avaient partagé étaient posés sur la table, près du lit, ainsi que la bouteille de champagne vide.

Pour rien au monde il n'aurait voulu changer quoi que ce soit à ce lieu, à ce moment, à cette ambiance… Tout était parfait.

— C'est la façon idéale de passer notre dernière nuit en Islande, dit Winter en se blottissant contre lui.

Josh sentit son rêve se fissurer. Il ne voulait pas demander, négocier, supplier. Il voulait juste retrouver sa vie d'avant. Mais il savait qu'il ne pouvait pas recommencer comme avant, et supposer que, parce qu'il était heureux, elle l'était aussi. C'est ce qui avait détruit leur couple, et il ne pouvait pas se permettre de commettre à nouveau cette erreur.

— Et quand nous quitterons l'Islande ? demanda-t-il avec prudence. Crois-tu que nous pourrions recommencer, ailleurs ?

Elle releva la tête et lui lança un regard étrange.

— Il y a sans doute d'autres endroits où l'on peut voir des aurores boréales, non ?

— Ce n'est pas ce que je voulais dire.

Sa peau touchait la sienne, et Josh se tendit soudain, alors qu'elle ajoutait :

— Qu'est-ce *que* tu veux dire ?

— Nous quittons l'Islande demain. Nous avons beaucoup parlé de ce qui s'était passé entre nous, de ce qui avait causé l'échec de notre mariage. Nous en avions besoin pour tourner la page. Mais…

Elle se rapprocha, et il sentit son excitation grandir encore.

Il frissonna quand elle déposa un baiser sur son torse.

— Je ne suis pas prêt à te dire au revoir une nouvelle fois.

À ce moment-là, le ciel se mit à danser au-dessus de leurs têtes, en passant par toutes les couleurs…

C'était aussi simple que ça : il ne pouvait pas quitter cet endroit sans savoir s'ils étaient sur la même longueur d'onde.

Winter se redressa, replia ses jambes et tira une couverture sur elle.

— Qu'est-ce que tu suggères exactement ?

Il se força à s'asseoir lui aussi, s'adossant à la tête de lit.

— Je ne sais pas exactement, répondit-il en soupirant. Cela dépend aussi de l'état d'esprit dans lequel tu te trouves. C'est juste que… le fait d'être à nouveau avec toi cette semaine m'a rappelé à quel point c'était génial…

— Ce n'était pas vraiment génial, lui rappela Winter. C'est d'ailleurs l'une des raisons pour lesquelles je suis partie.

— Je le sais. Mais… nous sommes plus sages, aujourd'hui, n'est-ce pas ? Tu ne nous crois pas capables de faire mieux les choses, cette fois-ci ?

Winter s'écarta imperceptiblement de lui, et Josh sentit un souffle glacé l'envahir.

— Je ne peux pas redevenir la femme que j'étais quand je t'ai épousé, dit-elle.

Les mots étaient durs, mais son regard déterminé l'était davantage encore.

— Je ne veux pas que tu sois cette femme-là, moi non plus, tu sais, répliqua-t-il. Nous ne sommes plus les mêmes personnes qu'il y a cinq ans. Nous avons changé, évolué, et c'est *tant mieux*. Nous avons grandi, aussi, et je sais que j'aimerais passer plus de temps avec la Winter que j'ai appris à connaître ici, cette semaine. La femme que tu es *devenue*.

Il sentit la tension diminuer, dans ses épaules, mais l'inquiétude subsistait dans ses yeux.

— Tu veux dire que... nous pourrions être de nouveau ensemble ?

— Peut-être. Je veux dire que nous avons un peu dépassé le stade des premiers rendez-vous, mais c'est agréable, alors pourquoi s'en priver ?

— Oui, tu as peut-être raison...

Puis le demi-sourire s'effaça.

— Sauf que... si nous avons pu faire cela, ici, c'est parce que Liam nous a aidés à rester incognito, ou presque, et à préserver notre intimité. Lorsque nous serons de retour à Hollywood, cela ne sera plus possible...

— Tu ne veux pas que quelqu'un sache... pour nous ?

Elle réfléchit un instant, puis répondit :

— Je croyais qu'on en avait parlé. Je ne veux pas que la seule chose que l'on sache de moi soit que je sors avec toi. Je ne veux pas être traquée par les paparazzis, et lire des ragots dans les journaux. Notre histoire s'est mal terminée, la première fois, et si cela doit se reproduire je préfère que le public ne soit pas au courant !

— Le respect de la vie privée permet de relâcher la

pression, acquiesça Josh en réfléchissant à son tour. Je comprends très bien cela.

— Si nous voulons vraiment donner une seconde chance à notre couple, il faut que cela reste entre nous, insista Winter. C'est la seule façon pour moi de gérer la situation.

Soulagé, il comprit qu'elle n'avait pas honte de leur relation, comme il l'avait d'abord cru, et tenta d'interpréter correctement ses propos.

Elle avait peur. Il le voyait dans ses yeux, et il le comprenait, car il était lui-même terrorisé.

— Et si on se disait... qu'on essayait juste d'essayer ? suggéra-t-il. D'accord ?

Il y avait encore un peu d'incertitude dans le regard de Winter, mais elle acquiesça.

— D'accord.

Apaisé, il la prit dans ses bras, et ils regardèrent le ciel nocturne danser au-dessus d'eux jusqu'à ce que le sommeil les gagne.

L'avion pour Londres était plein à craquer, et Winter était heureuse d'avoir des billets de première classe. En effet, le salon VIP de l'aéroport de Reykjavik-Keflavik leur avait permis, à elle et à Josh, d'avoir l'intimité dont ils avaient besoin pour se dire au revoir.

Cela avait été plus difficile qu'elle ne l'avait prévu. Oui, la semaine dernière avait été merveilleuse, et elle avait adoré être de nouveau avec lui. Mais elle avait construit sa propre vie loin de lui au cours des cinq dernières années. Elle n'était plus sa princesse de conte de fées, et elle n'allait pas s'étioler pendant leur séparation.

Elle n'était plus la Winter naïve et idéaliste d'autrefois. Elle ne pouvait plus l'être. Cela faisait trop mal.

Après avoir quitté leur minuscule chalet de verre, ils avaient établi quelques règles pour leur...

Winter hésitait à parler de relation. Pour leur nouvel... arrangement, plutôt, car c'est de cela qu'il s'agissait : un accord mutuellement satisfaisant qui leur donnait à tous deux les avantages de la relation qu'ils entretenaient jadis, sans tous les problèmes qui les avaient éloignés l'un de l'autre. Ils avaient longuement discuté de tout ce qu'ils devaient améliorer, et elle avait confiance : tout allait bien se passer.

Jenny, quant à elle, avait l'air de regretter de partir. Elle avait passé beaucoup de temps avec Liam, durant ce séjour, et Winter soupçonnait qu'une idylle s'était nouée entre eux. Elle se promit d'évoquer ce sujet avec son assistante durant le vol.

L'appartement que Josh avait loué à Los Angeles en vue de son prochain tournage lui semblait austère et vide, ce qui paraissait étrange car il venait de quitter une chambre d'hôtel épurée, de style scandinave, équipée du strict minimum.

Mais ce sentiment de vide était surtout dû à l'absence de Winter, comprit-il en jetant ses clés sur le comptoir de la cuisine, avant d'attraper son téléphone et de se laisser tomber sur le canapé en cuir pour l'appeler. Les huit heures de décalage entre Los Angeles et Londres, ainsi que leurs horaires de travail différents, rendaient les contacts plus difficiles qu'il ne l'aurait souhaité, mais ils s'en étaient accommodés jusqu'à présent. Au cours de la semaine qui s'était écoulée depuis leur départ d'Islande, ils s'étaient parlé par appel vidéo.

— Salut ! dit-il lorsque le visage de Winter apparut sur l'écran. Comment ça se passe à Londres ?

— Mmm… bien.

Sur l'écran, elle paraissait fatiguée.

— Mais la journée a été longue.

— Tu viens toujours le week-end prochain ?

Il ne voulait pas avoir l'air aussi frustré. Pourtant, elle lui avait manqué. Winter semblait encore hésitante à chaque fois qu'ils parlaient de l'avenir de leur relation, alors Josh essayait de prendre les choses comme elles venaient.

Il comprenait sa réticence à planifier leurs rencontres trop longtemps à l'avance. La dernière fois qu'ils avaient essayé, ils s'étaient fiancés en moins de six mois, mariés en moins d'un an, et avaient bâti des projets d'avenir qui s'étaient rapidement effondrés.

Cette fois-ci, il était heureux d'avancer un peu plus lentement si cela lui permettait d'arriver là où il voulait être : avec elle.

— Je viendrai, lui assura Winter. Il faut que je sois là pour la cérémonie de remise des prix de toute façon, non ?

Une cérémonie à laquelle ils assisteraient tous les deux – séparément. Cela aussi, Josh était prêt à l'accepter tant qu'il pouvait la retrouver après, une fois que les caméras n'étaient plus là.

Ce ne serait que temporaire, songea-t-il pour se rassurer. Ils se montraient discrets pour l'instant afin de s'accorder le temps de régler les choses entre eux.

Un jour il pourrait de nouveau sortir avec Winter à son bras et ce jour-là il serait l'homme le plus fier de Hollywood.

Mais il fallait encore attendre.

— Mais tu arriveras ici avant le jour de la cérémonie, n'est-ce pas ? demanda-t-il.

Il avait besoin d'être seul avec elle avant de devoir faire comme s'il n'était rien d'autre que son ex-mari, en public.

— Oui, bien sûr, promit-elle. Nous nous verrons avant le grand soir. J'espère que je pourrai venir quelques jours plus tôt et que nous passerons un peu de temps ensemble.

L'étau qui lui broyait le cœur se desserra un peu. Elle ne s'éloignait pas, ne le quittait pas à nouveau maintenant qu'ils avaient refermé la parenthèse enchantée de leur voyage en Islande. Elle était simplement prudente, et voulait protéger leur intimité.

Il pouvait s'en accommoder. Pour l'instant.

— Ce serait bien, dit-il en essayant de garder un ton léger. Et nous n'aurons pas à nous soucier de tomber sur des paparazzis si nous restons au lit tout le temps...

Winter éclata d'un rire clair, qui le mit de bonne humeur.

— C'est un plan qui me convient parfaitement, approuva-t-elle. Je te ferai part de mes projets de voyage dès que je...

Elle s'interrompit, et il perçut une légère sonnerie.

— Qu'est-ce que c'est ?

— Vérifie tes notifications sur ton ordinateur, dit Winter, tendue.

Josh s'éloigna et ouvrit son compte Instagram, où plusieurs messages s'affichaient. Il s'était passé quelque chose.

Winter insista.

— Tu as reçu le message ?

Son cœur battait la chamade et, alors qu'il parcourait l'application, son angoisse ne fit que croître

Il y était presque... Et puis, soudain, il la vit.

C'était une photo de Winter et de lui dans le lagon de l'hôtel, enlacés, leurs visages clairement visibles au clair de lune. L'image suivante les montrait en train de s'embrasser. D'après l'aspect légèrement flou des clichés, il semblait que le photographe avait beaucoup zoomé.

> Alors que je passais en revue les photos de mon incroyable voyage en Islande, regardez ce que j'ai repéré en arrière-plan de ces superbes paysages ! Le couple chouchou de Hollywood serait-il en train de se reformer ?

12

Winter sentait la panique monter en elle à mesure qu'elle fixait la photo sur son écran. Elle avait besoin de Jenny pour l'aider à y voir plus clair, élaborer une stratégie et décider des actions à engager. Son téléphone bipa, car son agente tentait de la joindre, mais elle ne pouvait pas prendre l'appel tout de suite. Pas avant de savoir ce qu'elle allait lui dire.

Et pas tant que Josh était encore au bout du fil, jurant comme un charretier en découvrant ces clichés.

On ne pouvait pas nier que c'étaient eux, sur la photo. Leur présence en Islande avait été annoncée par l'équipe de Liam, et chacun avait posté ses propres photos du voyage sur les réseaux sociaux en veillant à ce qu'aucun cliché ne représente l'autre. Ils avaient pourtant été *très* prudents pendant tout ce temps ! Quelle catastrophe !

Sa main tremblait lorsqu'elle fit disparaître les images pour revenir au visage de Josh, à l'autre bout de l'appel visio.

Son expression était plus sérieuse que d'ordinaire. Elle savait qu'il ferait tout ce qu'il pourrait pour les tirer de cette délicate situation, parce que agir et agir vite était dans son caractère. Et elle l'aimait pour cela. Elle l'avait aimé quand elle l'avait épousé et elle l'aimait encore aujourd'hui. Elle n'était même pas sûre d'avoir jamais cessé de l'aimer entre-temps...

Mais l'amour, comme son mariage raté et son corps brisé l'avaient prouvé, ne suffisait pas toujours. L'amour n'avait pas gardé son bébé en vie dans son ventre, pas plus qu'il ne l'avait protégée de la maladie. Et il ne l'avait pas non plus empêchée de quitter Josh. Pire encore, elle savait que l'amour ne lui offrait aucune protection contre les flashs des appareils photo et les dommages causés par les réseaux sociaux. Ces clichés étaient là, maintenant, et tout le monde pouvait les voir !

Elle sentait déjà sa confiance en elle s'effriter. Elle redevenait la femme qu'elle avait été, alors qu'elle croyait s'être reconstruite et être assez forte pour affronter les tempêtes. Elle se trompait.

Déjà, le même sentiment de panique qu'elle avait éprouvé si souvent au cours des mois qui avaient suivi sa rupture avec Josh reprenait le dessus. Déjà, elle recommençait à douter d'elle-même...

Elle avait été stupide de penser que les choses seraient différentes cette fois-ci. Même si Josh avait vraiment changé, leur vie amoureuse allait se retrouver sous les feux de la rampe, qu'elle le veuille ou non. Et la question de savoir si Josh et elle étaient de nouveau ensemble était la seule chose dont les gens allaient parler dans le pays – et même dans le monde entier !

Le film pour lequel elle avait travaillé si dur, la nouvelle carrière qu'elle s'était construite, la *vie* entière qu'elle avait rebâtie sur les décombres de son mariage... tout cela allait être balayé. Parce que la seule chose qui comptait pour la presse était de savoir avec qui elle couchait.

Je ne suis pas armée pour affronter ça. Je ne peux pas gérer.

Elle savait que, si elle essayait de faire face, cela sonnerait probablement le glas de ce qu'elle et Josh avaient réussi et réussiraient à sauver.

— Il faut tout nier en bloc ! s'exclama-t-elle avant que son cœur ne prenne le dessus sur sa raison. Nous devons publier une déclaration indiquant clairement que nous sommes restés amis après notre divorce, et rien de plus.

Le visage d'ordinaire si expressif de Josh se figea.

— Mais… ce n'est pas la vérité.

Winter secoua la tête.

— Je ne suis pas encore prête à divulguer la vérité.

— Mais si tout cela se sait plus tard, tout le monde comprendra que nous avons menti ! protesta Josh.

Winter grimaça tandis qu'il poursuivait.

— À moins que tu n'aies pas l'intention de révéler que nous sommes de nouveau ensemble, aujourd'hui ou à l'avenir.

« De nouveau ensemble »…

Était-ce le cas ? Il avait déjà outrepassé leur accord. Elle avait approuvé une rencontre en Islande, pour pouvoir dialoguer en paix et envisager ensuite d'aller de l'avant. Et elle avait certes accepté de s'engager dans une relation à distance afin de poursuivre ce qu'ils avaient commencé, mais cet arrangement n'allait pas au-delà.

Visiblement, Josh voyait les choses de manière différente.

Il lui avait promis de ne pas exiger d'elle ce qu'elle ne pouvait pas lui donner, mais il essayait déjà de faire en sorte que cela arrive.

Elle sentit le piège se refermer sur elle, et la panique monter dans sa poitrine. Elle lui avait déjà dit tout cela, mais il n'avait pas voulu le comprendre. Elle ne voulait pas se disputer maintenant, alors que des milliers de kilomètres les séparaient. Elle devait raccrocher le téléphone, respirer profondément, et régler ce problème.

— Je ne peux pas parler de tout ça maintenant, déclara-t-elle. C'est... trop tôt. Et il se passe tellement de choses...

Elle chercha un prétexte acceptable, un argument qui le ferait reculer, au moins pour l'instant.

Après un silence qui lui parut durer une éternité, il dit :

— Si c'est ce que tu veux vraiment...

Son ton était glacial, à présent.

— Oui, mentit-elle.

— Alors dans ce cas, rendez-vous sur le tapis rouge ! jeta-t-il avant de mettre brusquement fin à l'appel.

Winter fixa l'écran noir pendant de longues minutes, mais les larmes ne vinrent pas. Elle avait fait ce qu'il fallait pour les protéger tous les deux. À quoi bon pleurer maintenant ?

Josh regarda son téléphone en se demandant ce qui venait de se produire.

Comment avaient-ils pu passer de la promesse de futures retrouvailles à un rendez-vous mondain, en l'espace de quelques minutes ?

Clignant des yeux, il fit réapparaître sur l'écran les photos d'Islande. Les commentaires s'accumulaient, certains enthousiastes et pleins d'espoir, d'autres méprisants, la plupart accusant Winter de vouloir tout et son contraire.

En fait, en lisant les attaques dont sa femme faisait l'objet de la part de certains internautes, il pouvait tout à fait comprendre qu'elle ne veuille pas officialiser leur réconciliation. D'ailleurs, il l'*avait* compris. C'est pour cela qu'il avait accepté de garder le secret.

Mais maintenant, la nouvelle s'était répandue bien malgré eux...

Il savait qu'elle voulait protéger leur vie privée pendant

qu'ils cherchaient encore à savoir où ils allaient. Cependant, jamais il n'avait pensé qu'elle remettrait tout en cause si leur secret était divulgué.

Il lui manquait quelque chose. Et il n'avait aucune idée de ce que c'était.

À moins que...

Un nouveau commentaire sur l'article de la blogueuse de voyage qui les avait accompagnés en Islande attira son attention.

Elle le mène encore en bateau. Je parie qu'elle se servira de lui pour promouvoir son nouveau film, c'est tout !

C'est tout ? Tout cela avait-il à voir avec sa nomination ? Winter serait-elle capable de faire ce genre de choses ?

Il passa au commentaire suivant :

Je ne peux pas croire qu'il va la laisser lui briser le cœur à nouveau. Elle n'a jamais été assez bien pour lui.

C'était le contraire qui était vrai : lui n'avait pas été assez bien pour elle.

Il continua à parcourir les commentaires, sans pouvoir s'arrêter, même s'il savait qu'aucune de ces personnes ne les connaissait, ou ne savait ce qu'ils avaient partagé en Islande.

Mais elles s'étaient toutes fait une opinion. Comme elles l'avaient fait cinq ans auparavant, quand Winter l'avait quitté.

Winter avait raison : l'histoire se répétait.

Frustré, Josh lut un message de son agent :

Appelle-moi !

Ce n'était pas une mauvaise idée, songea-t-il. Il avait bien besoin de conseils.

Si Winter voulait limiter les dégâts, il essayerait de l'aider. Mais hélas, il soupçonnait que le mal était déjà fait.

Elle avait raison depuis le début. Leur mariage avait échoué. Alors pourquoi feraient-ils mieux cette fois-ci, alors qu'ils ne parvenaient même pas à passer deux semaines sans crise ?

Mieux valait en finir maintenant, et rompre franchement, que d'espérer en vain et d'avoir le cœur brisé.

C'était peut-être la conclusion qu'il attendait, en Islande. Il était temps de mettre un point final à ce qui avait commencé comme un conte de fées. C'était peut-être la solution, en fin de compte.

— Je ne comprends pas, dit Jenny en regardant les photos floues sur l'écran de l'ordinateur.

— Moi non plus ! s'écria Winter. Liam m'avait pourtant assuré que le bassin donnant sur le lagon était privé, et à l'abri des regards.

Jenny lui jeta un regard étrange.

— Ce n'est pas ce que je voulais dire.

— Alors, qu'est-ce *que* tu voulais dire ?

— Je pensais que Josh et toi étiez à nouveau heureux. En tout cas, vous en aviez l'air quand vous êtes revenus de votre mystérieuse excursion pour voir les aurores boréales !

— En effet, répondit Winter, un peu perplexe, nous avons passé un bon moment ensemble. Mais qu'est-ce que cela a à voir avec ces photos ?

— À ton avis, pourquoi raconte-t-on dans la presse qu'il n'y a rien entre vous ? demanda Jenny en lui tendant un article.

Winter détourna le regard.

— Parce que c'est la vérité. Il ne peut rien y avoir entre nous.

— Pourquoi pas ?

Winter traversa le salon de son appartement londonien et se dirigea vers la fenêtre assombrie. Il était déjà tard, mais elle ne pourrait pas dormir avant d'avoir réglé ce problème.

— Je dois me concentrer sur mon film du moment, et sur ma carrière. Je n'ai pas de temps à consacrer à ma vie amoureuse.

— Alors, qu'est-ce qui s'est passé en Islande ?

— C'était un au revoir.

Il lui en coûta de proférer ce mensonge, car elle avait pensé, l'espace d'un instant, alors que les aurores boréales dansaient au-dessus de leurs têtes, qu'il pouvait s'agir d'un nouveau départ. Tout semblait possible à ce moment-là.

Ce n'était plus le cas aujourd'hui.

— Vraiment ? Ce n'est pas l'impression que j'ai eue, à l'aéroport, souligna Jenny. Ça n'avait pas l'air d'un véritable adieu.

— Nous étions tous les deux d'accord pour tourner la page de notre mariage, expliqua Winter, mais j'ai cru que nous pourrions peut-être repartir de zéro. Ces photos m'ont fait prendre conscience du fait que ce n'était pas possible.

Jenny soupira et lui prit la main.

— Tu n'es pas en train de parler à un journaliste, mais à moi ! Je comprends que tu puisses avoir peur, tu sais. Alors, dis-moi vraiment ce qui se passe. En tout cas, je ne t'ai jamais vue regarder quiconque comme tu regardes Josh. Et je ne crois pas que tu en aies envie, n'est-ce pas ?

Si les mots de Jenny la touchaient au cœur, elle n'en laissa rien paraître. Winter s'était reconstruite après leur divorce, et elle ne voulait plus prêter le flanc aux critiques, aux ragots, aux mensonges. Ils lui avaient fait trop de mal, et il était hors de question de revivre ça. Et si ses amis ne le comprenaient pas, eh bien tant pis !

— Winter, qu'est-ce que tu fais, au juste ? reprit Jenny d'un ton radouci. Et pourquoi ? Je ne crois pas que ta préoccupation principale soit ta carrière, ou le prix que tu viens de remporter.

— Et pourquoi pas ? répondit Winter. Tu sais à quel point ce milieu est cruel pour les femmes – tu l'as vécu toi-même. Si j'officialise ma relation avec Josh, ma vie privée sera scrutée, commentée, déformée, et rien d'autre ne comptera. Ni mon travail, ni tous ceux qui m'ont soutenue et se sont investis dans mon projet. Personne ne se souviendra même du titre du film ! Par contre, on racontera partout que j'ai essayé de séduire mon ex-mari dans un lagon !

À cet instant, Winter se rendit compte qu'elle criait. Elle prit une profonde inspiration pour tenter de se calmer. En vain.

— Tu n'as pas tort, dit Jenny doucement. Je sais tout cela mieux que quiconque. Mais je ne pense pas que cela soit suffisant pour renoncer à l'amour. Pas si cet amour est sincère.

L'amour ? Winter secoua la tête.

— Tu crois vraiment que l'amour peut tout arranger ?

— Non, mais il aide à supporter tout le reste, affirma Jenny.

Le pire, c'est que Winter savait qu'elle avait raison. Mais cela ne changeait rien.

Vaincue, elle secoua la tête.

— Je ne peux pas, Jenny. Je ne peux pas l'aimer à nouveau.

— Pourquoi pas ?

— Parce que… il veut des choses que je ne peux pas lui

donner, tu te souviens ? Un mariage parfait, des enfants parfaits… Or je *ne suis pas* parfaite, et il le sait.

— Tu as peur d'être à nouveau enceinte, devina Jenny.

— Oui, l'idée de tomber enceinte me terrifie, mais pas autant que l'idée de perdre un autre bébé. Si je ne peux pas donner à Josh la famille qu'il souhaite, que puis-je lui apporter ? Je ne pourrais pas supporter de le perdre à nouveau, Jen ! Non, mieux vaut continuer à faire des films !

— C'est tout ? demanda Jenny, déçue. C'est ça, ton plan ?

Elle avait l'air déçue.

— C'est tout ce que j'ai, en tout cas, rétorqua Winter.

Et elle espérait contre toute attente que cela suffirait.

13

Au téléphone avec Liam, Josh ne répondit pas au premier coup frappé à sa porte. Ni au second.

— Raccroche et viens m'ouvrir, espèce d'idiot !

Il se leva d'un bond et se précipita vers l'entrée.

— Qu'est-ce que tu fais à Los Angeles ? demanda-t-il à son ami avant de le faire entrer, non sans avoir vérifié qu'aucun paparazzi n'avait surpris l'ex-coqueluche de Hollywood sur le seuil de sa porte, une bouteille de bourbon à la main, en plein après-midi. Et trois jours seulement après que son ex-femme eut publié un communiqué niant catégoriquement toute relation amoureuse entre eux !

— Juste une escale, répondit Liam en allant chercher deux verres dans le minibar du salon. Je suis en route pour le Costa Rica, où je viens d'acheter un hôtel. Alors je me suis dit que j'allais venir rendre visite à un vieil ami.

— Laisse-moi deviner. Jenny n'est pas disponible ?

Il avait surpris les regards enamourés que ces deux-là se jetaient et, même si Liam était un très bon ami, Josh ne pouvait pas croire qu'il avait vraiment fait ce long vol pour soulager son chagrin d'amour.

Liam leur servit deux bourbons.

— Je ne suis pas venu voir Jenny. Elle est à Londres

avec Winter, de toute façon. Je suis venu ici parce que... je me sens coupable.

— Tu es venu chercher mon pardon ?

— Oui. C'est pour ça que j'ai apporté du bourbon, dit Liam en lui tendant un verre.

Josh se laissa tomber sur le canapé, et fit signe à Liam de le rejoindre.

— Ce n'est pas ta faute, lui dit Josh. Tu nous as réunis, c'est vrai. Mais cela devait arriver un jour ou l'autre. Tu nous as juste fourni l'endroit idéal pour ça.

— Ou presque, à en juger par les photos postées sur Instagram, soupira Liam. Je n'essayais vraiment pas de vous réconcilier, tu sais.

Josh lui jeta un regard sceptique.

— Vraiment ? Qu'est-ce que tu essayais de faire, alors ? Nous distraire pour pouvoir séduire Jenny sans témoin ?

— Rien de tout cela n'a à voir avec Jenny, d'accord ?

Liam se pencha en avant, les avant-bras posés sur les genoux, et posa sur lui un regard sérieux.

— Je sais ce que c'est que de vivre dans le passé. Je sais que j'en suis aussi coupable que toi. Et je sais à quel point il est difficile d'aller de l'avant après une rupture. En tout cas, j'essaye. Mais toi... tu ne veux même pas admettre que tu vis encore dans un conte de fées qui s'est terminé il y a des années !

— Crois-moi, je sais que mon mariage est fichu ! dit Josh, caustique. Et je le savais *avant que* mon ex-femme reprenne mon cœur et le piétine à nouveau !

Liam grimaça.

— Peut-être que tu le savais, mais tu n'avais pas tourné la page, n'est-ce pas ? Je veux dire, sérieusement. En cinq ans, as-tu essayé de rencontrer quelqu'un ? As-tu eu ne serait-ce qu'un ou deux rendez-vous ?

— Je travaillais, répliqua Josh. Beaucoup. Ce n'est pas très propice aux rencontres…

Liam hausse les sourcils.

— Ah oui ? À Hollywood, la moitié des histoires d'amour commencent sur un plateau de tournage. Y compris la tienne et celle de Winter.

— Et regarde comment ça a fini ! gémit Josh. Je sais ce que tu as voulu faire, Liam. Nous permettre de tourner la page. N'est-ce pas ?

— J'imagine que c'est le mot qui convient le mieux.

Pensif, Liam s'adossa aux coussins moelleux.

— C'est parfois difficile de mettre un point final à une histoire, surtout quand la personne avec qui on l'a vécue n'est plus là. Je me suis dit qu'au moins toi et Winter pouviez essayer de trouver une solution. Je ne m'attendais pas à ce que…

— Quoi ? Qu'on se retrouve à nouveau au lit ensemble ? lança Josh avec amertume. Crois-moi, moi non plus !

Liam eut un petit rire.

— Franchement ? Je n'y comptais pas, mais avec vous deux… on ne sait jamais. Je n'ai jamais vu deux personnes se regarder avec autant d'amour que vous le jour de votre mariage. Alors, oui, j'ai toujours pensé qu'il y avait une chance que vous vous remettiez ensemble.

Il capta le regard de Josh et le soutint avec une intensité qui le désarçonna.

— Je ne pensais pas que vous seriez assez idiots pour tout gâcher à nouveau, alors que certains d'entre nous tueraient pour avoir une seconde chance comme celle-là.

Au souvenir de tout ce que son ami avait perdu, Josh sentit un sentiment de culpabilité s'emparer de lui. Mais il secoua la tête.

— Je n'ai rien gâché. C'est elle qui a tout gâché.

— Qu'est-ce que tu veux dire ?

Josh expliqua, du mieux qu'il peut, qu'elle avait préféré sa carrière et sa solitude à lui.

— Je suppose qu'elle n'a jamais cru que notre couple pourrait tenir, dit-il. Sinon, elle ne l'aurait jamais sacrifié aussi facilement. Mais c'est probablement mieux ainsi, tu sais.

— Comment le sais-tu ? répliqua Liam.

Josh avait passé les derniers jours à examiner la situation sous tous les angles, et il avait fini par avoir une idée.

— L'amour – le véritable amour – n'est pas censé être aussi difficile, n'est-ce pas ?

— D'après mon expérience, l'amour est la chose la plus difficile qui soit !

— Mais cela *ne devrait pas être* le cas ! Le véritable amour est censé être sans efforts. Comme celui qu'ont connu mes parents, ou Graham et Ashley. Ce n'est pas un travail pour eux, d'être amoureux. Ce n'est pas cette douleur, cette frustration, ce sentiment de vide et d'incompréhension. C'est même tout le contraire !

Liam le regarda un instant, puis vida le reste de son verre avant de se lever.

— Si tu es déterminé à abandonner l'amour de ta vie juste parce que les choses se compliquent un peu, et que tu crois que l'amour est facile, alors je n'ai rien à dire de plus. Si : appelle ton frère !

Josh fronça les sourcils.

— Quoi ?

— Appelle Graham et demande-lui de confirmer ta théorie.

Liam saisit sa veste qu'il avait jetée sur le dossier d'une chaise de cuisine et lui sourit.

— Et dis-moi comment ça se passe, d'accord ? Il faut que j'y aille maintenant. Le Costa Rica m'appelle.

Après une brève poignée de main, il sortit et referma la porte derrière lui, laissant Josh perplexe. Manifestement, son ami savait quelque chose qu'il ignorait.

Étouffant un soupir, Winter saisit le verre d'eau sur la table posée entre elle et Melody, la star de *Another Time and Place*. Cette conférence de presse préalable à la remise des prix semblait s'éterniser, et il faisait une chaleur étouffante dans la suite que l'hôtel leur avait attribuée pour rencontrer les journalistes.

— Tu t'es déjà lassée de parler du film ? demanda Melody.

— Si seulement on me posait des questions sur le film ! dit Winter. Je pourrais en parler pendant des heures. Mais la première question que posent les journalistes concerne toujours…

Elle s'interrompit, et Melody termina à sa place.

— … ton ancien mari.

— J'ai fait une déclaration lorsque les photos ont été publiées. Je ne sais pas pourquoi les gens continuent d'en parler.

— Parce que ton histoire avec Josh est un vrai conte de fées, expliqua Melody en haussant les épaules. Tout le monde aime les contes de fées.

— C'était le cas il y a plus de cinq ans, répondit Winter. Avant que notre mariage parte à la dérive et se termine par un divorce. C'est d'une banalité !

Melody eut un geste dédaigneux de la main.

— J'ai vu les photos de cette époque. Vous étiez tous les deux très jeunes, beaux et amoureux. Tout ça, c'est très bien. Mais maintenant, que se passe-t-il ? C'est ça qui intéresse les gens.

Winter la regarda avec étonnement.

— Qu'est-ce que tu veux dire ?

Josh et elle ne formaient plus un couple, et cela ne serait plus jamais le cas. Alors pourquoi les gens parlaient-ils encore d'eux ?

— Les jeunes couples qui tombent amoureux sont légion. Mais vous deux… Renouer après un chagrin d'amour, s'accorder une seconde chance, en toute connaissance de cause… voilà *une* histoire qui vaut la peine d'être suivie !

Melody lui adressa un sourire consterné.

— À tel point que tu en as fait un film, Winter. Es-tu vraiment surprise que les gens cherchent l'histoire vécue derrière la fiction ?

— Je n'y avais pas pensé, admit Winter. Et de toute façon, ce n'est pas vraiment le cas. Comme je l'ai dit, il ne se passe plus rien entre Josh et moi. Nous voulions tourner la page de notre relation et nous l'avons fait. Maintenant, nous pouvons enfin aller de l'avant.

Melody était dubitative.

— Je pense que, si c'était vrai, cela ne te dérangerait pas qu'on te pose autant de questions à son sujet.

Se levant d'un bond, Winter se dirigea vers la fenêtre.

— Notre histoire ne s'est pas terminée aussi bien que je l'aurais voulu, c'est tout. C'est une situation délicate.

— Parce qu'il est toujours amoureux de toi ? suggéra Melody.

Winter eut un rire amer.

— S'il l'était, je peux dire qu'il ne l'est plus.

Elle y avait contribué. Et elle vivait avec…

Tout allait bien.

Mais une sourde douleur s'emparait d'elle à chaque fois que quelqu'un prononçait son nom.

Melody ne répondit pas et, lorsque Winter se retourna, elle surprit son regard plein de compassion.

— Qu'est-ce qu'il y a ?

Melody secoua tristement la tête.

— Quel gâchis ! dit-elle. Moi aussi, quand j'ai fait ce film, j'espérais qu'il m'aiderait à passer à autre chose. À oublier l'amour que j'avais laissé filer parce que j'étais trop occupée à tenter de percer dans ce milieu et qu'on ne peut pas tout avoir. J'ai pensé que je devais choisir, et c'est ce que j'ai fait.

— Et qu'est-ce qui s'est passé ensuite ? demanda Winter.

— Il n'y a pas un seul jour où je ne l'ai pas regretté, répondit Melody simplement. Je l'ai laissée partir, et elle a trouvé l'amour ailleurs. J'ai essayé d'être heureuse pour elle… mais je n'ai jamais cessé de me dire que j'avais laissé passer ma chance.

— Je suis désolée…

Winter essaya d'imaginer Josh avec quelqu'un d'autre, mais la douleur était telle qu'elle chassa bien vite cette image.

Elle avait vu quelques photos de lui avec de jeunes actrices, dans les années qui avaient suivi leur divorce. Mais ce n'étaient que des aventures…

Cela allait changer maintenant, réalisa-t-elle soudain. C'était aussi pour se sentir libre qu'il avait mis un terme à leur relation. Et même s'il était blessé par leur rupture, il ne mettrait pas autant de temps à s'en remettre cette fois-ci, elle en était persuadée.

Josh voulait toujours cet amour parfait – mariage, famille. Il tomberait à nouveau amoureux de quelqu'un qui ne serait pas elle et fonderait avec cette femme la famille dont il rêvait.

Winter fixa l'horizon, par la fenêtre, de crainte de croiser de nouveau le regard de Melody, qui dit d'un air triste :

— Aimer, c'est prendre des risques, Winter. Toujours. Mais cela en vaut la peine, et tu le sais. N'est-ce pas ce que tu racontes, dans ton film ? Même si l'on a été blessé, si l'on a connu des hauts et des bas dans la vie, si l'on sait à quel point on peut souffrir... il faut quand même panser ses blessures et continuer de vivre.

— Oui...

Winter savait que Melody avait raison.

— Je sais que, lorsqu'on a atteint l'objectif qu'on s'était fixé dans la vie – se trouver soi-même, réussir seul, fixer ses propres règles et vivre comme on l'entend –, il est difficile de reconnaître que l'on a fait fausse route, et que l'on aspire à autre chose. Et il est encore plus difficile de prendre des risques. Mais on se rend compte qu'il y a autre chose derrière tout cela...

Winter leva les yeux vers Melody.

— Quoi ? Qu'est-ce que ça signifie ?

— Cela signifie que, quoi qu'il arrive, tu sais que tu peux faire face.

Melody posa les mains sur les épaules de Winter et planta ses yeux dans les siens.

— Tu l'as déjà fait, tu te souviens ? Tu sais que tu as le pouvoir de te relever, de te battre ! Si tu ne te donnes pas une chance avec Josh, tu le regretteras. Et si ça ne marche pas, ça fera probablement très mal. Mais rien de tout cela ne change quoi que ce soit à ce que tu es. Tu es Winter de Holland, et tu seras *formidable* avec ou sans lui. Personne ne peut t'enlever ça, comprends-le bien !

Les mots résonnèrent au plus profond du cœur et de l'esprit de Winter, et bientôt elle se les répétait en boucle.

Elle acquiesça, abasourdie par cette révélation.

— D'accord. Je... Oui. D'accord.

Un coup frappé à la porte interrompit cette discussion. C'était Jenny, qui venait leur annoncer que le dernier journaliste de la journée les attendait.

Graham avait l'air surpris qu'il l'appelle un après-midi de semaine, pensa Josh. Ou peut-être simplement surpris d'avoir de ses nouvelles. Il ne s'était pas beaucoup manifesté, ces derniers temps, et il n'avait pas appelé depuis que sa photo avec Winter avait fait la une des journaux.

— Comment vont les choses à Hollywood ? lança Graham avec une pointe d'ironie.

— Comme d'habitude, répondit Josh.

— J'ai entendu dire que tu t'étais disputé avec ton ex, dit Graham, qui avait toujours su aller droit au but. C'est pour ça que tu m'appelles ?

— Entre autres, reconnut Josh. Ce n'est pas...

Il soupira.

— C'est Liam qui m'a dit de t'appeler.

Graham éclata de rire.

— Ah oui ? Il en a eu assez de s'occuper de toi et a décidé de te rendre à ta famille ?

— Pas exactement.

Josh fronça les sourcils. Pourquoi Liam voulait-il qu'il parle à son frère.

— C'est juste que... on parlait d'amour.

— Vous étiez ivres, n'est-ce pas ?

— Non !

— Parler d'amour à jeun ? Ça doit être sérieux, alors ! Attends...

Josh entendit son frère dire à Ashley qu'il allait prendre l'appel à l'extérieur. Avec une bière. La porte moustiquaire claqua, et le grincement qui suivit lui indiqua que Graham s'était assis sur la vieille balançoire du porche, même s'il ne devait pas faire très chaud à cette époque de l'année.

— Je t'écoute, dit Graham. Raconte-moi tout.

— Ça risque d'être un peu long...

— Je suis ton grand frère, répondit Graham. Je prendrai le temps.

Josh hésita un instant, puis commença à parler.

Une fois qu'il eut terminé, Graham demanda :

— Et Liam t'a dit de m'appeler ?

— Oui. Tu sais pourquoi ?

Graham soupira.

— Parce que ton ami te connaît assez bien pour savoir que tu es un imbécile. Et il y a certaines vérités que tu n'es pas prêt à entendre, sauf si elles proviennent d'une source absolument sûre.

Josh ne releva pas l'insulte – c'était normal entre frères, n'est-ce pas ?

— Quelles vérités ?

— Tu crois que l'amour c'est facile ? Que maman et papa ont eu un mariage parfait ? Et que c'est la même chose pour Ashley et moi ? lança Graham.

— Et toi, tu ne crois pas ça ? rétorqua Josh. Je vous ai vus ensemble, Ashley et toi. Vous *êtes* parfaitement assortis.

Graham acquiesça.

— Je ne dis pas le contraire. Il n'y a pas d'autre femme au monde pour moi, tout comme je ne pense pas qu'il y aura jamais personne d'autre pour maman, maintenant que papa est parti.

— Donc, j'ai raison ! lança Josh, étrangement déçu que son frère partage son opinion.

— Non, tu te trompes, reprit celui-ci. Et le plus ridicule, c'est que tu ne comprends même pas pourquoi, n'est-ce pas ?

— J'imagine que tu vas m'éclairer...

— Tu crois que « parfait » est synonyme de « facile », asséna Graham. C'est là que tu te trompes.

Josh cligna des yeux, mais garda le silence.

— Ce n'est pas parce que nous sommes parfaitement assortis qu'Ashley et moi ne faisons pas tous les jours des efforts pour que notre mariage fonctionne, poursuivit Graham. Et si tu penses que nous n'avons pas de disputes ni de désaccords... eh bien, tu n'étais *manifestement pas* là pour Thanksgiving, l'année dernière ! Ou quand nous sommes partis en vacances, quelques mois plus tôt !

— Les désaccords sont naturels, dit Josh, je le sais très bien. Mais je te parle de sujets plus sérieux. En couple, on a besoin d'avoir la certitude que tout ira bien, d'oublier un peu cette peur constante.

— Oui, dit sobrement Graham. Le fait est que chaque moment passé avec une autre personne est un choix. Le mariage n'y change rien. Chaque jour, quand tu te réveilles à côté de ton partenaire, tu dois encore le choisir. Continuer à l'aimer, rester à ses côtés et accepter de travailler en équipe. Le véritable amour, ce ne sont pas les serments qu'on fait devant un prêtre. C'est tout faire, chaque jour, pour pouvoir tenir ces promesses. Tenir bon, persévérer. Parce que le jour où on abandonne tout est fini.

Soudain, Josh y voyait plus clair, comme si un brouillard s'était dissipé devant ses yeux. Winter avait renoncé à eux lorsqu'elle s'était éloignée. Mais lui aussi avait abandonné.

Il avait cru que, puisqu'il lui avait passé la bague au

doigt, tout irait pour le mieux. Et comme ce n'était pas le cas, il s'était éloigné. Il la savait malheureuse et se sentait incapable d'y remédier, alors il avait pris ses distances, parce qu'il était plus facile d'accepter l'échec quand on en rendait l'autre responsable...

La vérité, c'est qu'il ne s'était pas assez battu. Il n'avait pas été l'homme dont elle avait besoin. Mais maintenant, était-il prêt à être cet homme-là ? Parce que, s'il ne l'était pas, alors Winter avait raison de s'éloigner pour de bon.

— Je pense... Je pense qu'il faut que je parle à Winter, bredouilla-t-il, ému aux larmes.

Il pouvait presque voir Graham sourire à l'autre bout du fil.

— Je crois que pour une fois tu as raison, petit frère.

14

Tout l'après-midi durant, l'équipe de Jenny l'avait apprêtée, pomponnée, habillée et maquillée en vue de la cérémonie de remise des prix qui devait avoir lieu le soir même, et elle n'avait même pas prêté attention à ce qui se passait. Elle songeait encore à sa conversation de la veille avec Melody, et à ce que cela signifiait pour son avenir.

Josh serait présent à la remise des prix ce soir, même s'ils n'iraient pas ensemble. Ce serait la première fois qu'elle le reverrait depuis l'Islande, et elle ne pouvait pas s'imaginer passer toute la soirée sans un contact gênant entre eux.

Le tapis rouge d'une cérémonie de remise de prix était le dernier endroit où elle voulait parler avec son ex de l'échec de sa relation, et elle n'était pas sûre que la soirée qui suivrait s'y prête davantage. Mais il fallait qu'ils parlent.

Elle lui devait une explication. Melody avait raison. Elle survivrait. Elle s'en sortirait. S'il le fallait. Alors que la styliste lui passait une lourde bague en émeraude au doigt, Winter remarqua que ses mains tremblaient de nervosité.

Je ne suis pas prête pour cela.

Au moins, le trajet jusqu'au lieu de la remise des prix lui permettrait de retrouver son sang-froid, songea-t-elle.

Remerciant tous ceux qui avaient contribué à la rendre présentable pour la soirée, Winter jeta un rapide coup d'œil dans le miroir en se dirigeant vers la porte, encore surprise de se voir aussi élégante. Puis, avec un dernier signe de la main, elle sortit.

Le chauffeur de la limousine noire qui attendait à l'extérieur avait ouvert la portière arrière. Après l'avoir remercié, elle s'installa sur son siège tandis que la porte se refermait derrière elle, puis laissa échapper un cri.

— Josh ! Qu'est-ce que tu fais là ?

Stupéfaite, elle porta la main à son cœur.

Il haussa les épaules.

— J'avais besoin de te parler, et c'était le seul moyen d'avoir un peu d'intimité ce soir.

— Oui, mais si nous arrivons ensemble à la cérémonie, les...

— Je resterai dans la voiture, promit Josh. Nous ferons un tour du pâté de maisons, puis je viendrai plus tard. Ou je n'irai pas du tout. Peu importe. Je m'en moque. J'ai juste besoin de te parler.

— Moi aussi, je voulais te parler, avoua-t-elle. Qu'est-ce que tu voulais me dire ?

Josh lui tendit la main et prit la sienne, puis chercha son regard avant de commencer à parler.

— Je voulais te dire que te perdre à nouveau a été un enfer. J'ai essayé de me dire que c'était pour le mieux, que de toute façon ça n'aurait pas pu marcher entre nous. Mais j'avais tort, je le comprends maintenant.

Il prit une profonde inspiration avant de poursuivre.

— Je me suis rendu compte que j'étais sur le point de faire les mêmes erreurs que lorsque nous étions mariés. Chaque fois que les choses se compliquaient, j'essayais de trouver une solution, et quand je n'y arrivais pas… je m'éloignais parce que j'avais l'impression d'avoir échoué.

— Tu ne m'as pas déçue, dit-elle. C'est mon corps qui l'a fait.

Josh secoua la tête.

— Non. Tu avais besoin de moi, simplement pour être là, pour être ton mari et choisir chaque jour de rester à tes côtés parce que je t'aimais et que le fait d'être avec toi valait toutes les souffrances que nous avons endurées. Mais je ne l'ai pas fait. Je me suis réfugié dans le travail, j'ai passé la plupart de mon temps loin de toi, parce que je ne pouvais pas me pardonner de te faire souffrir.

Winter déglutit, la gorge serrée et les yeux brûlants.

— Josh…

Il serra fort sa main.

— Laisse-moi… laisse-moi finir, d'accord ? Cela fait des jours que j'y pense, et je veux être sûr de pouvoir tout exprimer.

Winter acquiesça, et il poursuivit.

— Quand tu m'as quitté… une part de moi savait que je l'avais bien mérité. C'est pourquoi je ne me suis jamais battu pour toi, je n'ai jamais essayé de te reconquérir. Je t'ai laissée partir parce que je méritais d'être sans toi, déclara-t-il. Je me suis dit que ce n'était pas fait pour durer, que nous avions cru au conte de fées à cause des médias et de tout ce qui se disait sur nous. Que si nous nous aimions vraiment, ce ne serait pas si difficile. Mais je réalise maintenant que l'amour n'a rien à voir avec la facilité ou la difficulté. Ce sont les deux à la fois.

— Tu as raison, souffla Winter.

Il lui adressa un sourire, mais son visage était grave.

— Je me suis servi de ma frustration comme d'une excuse. Un prétexte pour rester loin de toi, pour ne pas avoir à accepter mon échec – la dernière fois, et cette fois-ci, en Islande.

Winter fronça les sourcils.

— Mais... tu n'y es pour rien. C'est moi qui ai dit qu'il fallait publier un démenti. Moi qui ai renoncé à nous faire confiance.

— J'ai échoué parce que je ne t'ai jamais dit la vérité, déclara Josh. J'ai cru qu'on essayait juste de tourner la page, mais ça n'a jamais été mon désir. Je n'ai pas eu le courage de te dire ce que je veux te dire maintenant : je t'aime. Et je n'ai jamais cessé de t'aimer. Je ne cesserai jamais de t'aimer. Je veux me réveiller chaque matin à tes côtés et te choisir de nouveau, même si c'est difficile.

Winter le regarda longuement, avant de murmurer :

— Tu ne peux pas dire ça. Tu veux des choses que je ne peux pas te donner, et dont je ne suis même pas sûre d'avoir envie aujourd'hui.

Il secoua la tête.

— Je n'ai pas besoin de tout cela. Notre relation ne sera pas parfaite, mais elle sera la nôtre, et c'est tout ce qui compte pour moi. Si nous décidons que nous voulons des enfants, nous en parlerons. De l'adoption, de l'accueil ou de tout ce qui nous conviendra. Mais rien de tout cela n'est un sujet de rupture pour moi. Cela ne l'a jamais été.

La tête lui tournait trop pour qu'elle puisse raisonner clairement. En proie à la plus grande confusion, elle bredouilla :

— Josh, je ne suis plus la femme dont tu es tombé amoureux, tu te souviens ?

— Tu es toi, dit simplement Josh. Et je t'aime comme tu es.

À ce moment-là, Winter sut exactement ce qu'elle devait faire.

C'était aussi simple et aussi difficile que cela, réalisa Josh en prononçant ces mots. Il avait mis son cœur à nu, et maintenant il n'avait plus qu'à espérer qu'elle partageait ses sentiments.

Quand la limousine s'arrêta, ses yeux verts restaient indéchiffrables, sa main toujours dans la sienne. Il la lâcha à contrecœur.

— Je te dépose ici. Je vais faire un tour dans le quartier et je reviendrai un peu plus tard, quand tu auras fait ton entrée officielle. Nous pourrons reparler de tout ça plus tard, quand nous aurons un peu d'intimité.

Winter le fixa un long moment, et murmura :

— Je n'ai pas envie de me cacher quand je suis avec toi, finit-elle par dire. Allez, viens...

Il la fixa, incrédule, mais, avant qu'il ne puisse poser d'autres questions, elle avait passé ses jambes par la portière ouverte de la limousine et lui faisait signe de la suivre.

Josh avait foulé beaucoup de tapis rouges au cours de sa carrière, mais les flashs qui crépitaient et les questions qui fusaient ne lui avaient jamais semblé aussi intimidants qu'aujourd'hui.

Ils n'avaient pas vraiment discuté de la manière de gérer ce moment, faute de temps. Il lui avait avoué ses sentiments, sans savoir si elle les partageait, ni ce qu'elle voulait vraiment.

— Josh ! Winter ! Quelle joie de vous voir ici, ce soir ! lança un journaliste. Vous êtes de nouveau ensemble, c'est ça ?

Winter l'ignora, alors Josh fit de même.

Enfin, elle s'arrêta devant les caméras, se retourna et prit la pause en souriant, comme elle était censée le faire.

Légèrement à l'écart, Josh la regardait, heureux de voir qu'elle appréciait d'être le centre de l'attention et savoure son succès. Elle l'avait bien mérité ! C'était *sa* soirée, et il ne ferait rien qui puisse l'en priver.

Mais lorsqu'elle lui fit signe de la rejoindre, il se posta à ses côtés, fier de la prendre à son bras devant les caméras du monde entier.

— Winter, Josh et vous êtes-vous ici ce soir en tant que couple ? demanda un autre journaliste.

Winter adressa à Josh un petit sourire complice. Le cœur battant, il attendit sa réponse.

— Je suis ici ce soir pour célébrer le succès de mon film, *Another Time and Place*, déclara Winter d'une voix forte et claire. Je voudrais aussi saluer toutes les personnes qui ont travaillé sur ce film, qui se sont données corps et âme et qui partageront mon succès si je remporte le prix de la meilleure réalisatrice.

Un journaliste tenta de l'interrompre, mais elle leva la main pour réclamer le silence.

— Quelqu'un que j'admire beaucoup a récemment attiré mon attention sur le fait que, puisque le film traite de la seconde chance en amour, j'ai voulu évoquer mon propre parcours et mon expérience en la matière...

Toute l'assistance était pendue à ses lèvres, et Josh s'efforça de ne pas montrer son appréhension.

— On m'a souvent demandé, alors que je travaillais sur ce film, pourquoi il était important de traiter ce sujet au cinéma. J'ai parlé de l'importance de l'empathie, du pardon, de la maturité en amour, et je maintiens qu'il est essentiel, après l'échec d'une relation, de se poser les bonnes questions. Mais une chose que j'ai apprise ces dernières semaines, c'est à quel point l'amour de la seconde chance est courageux. Et c'est le message de mon film, le message que j'aimerais passer à tous ceux qui nous regardent ce soir... Tomber amoureux fait peur. Offrir son cœur à une autre personne est toujours, toujours un risque. Et il est si facile de ne pas le prendre, pour se protéger d'un éventuel chagrin d'amour ! Surtout quand on est déjà passé par là, qu'on a déjà connu la souffrance de la perte et de la séparation. Nous voulons nous épargner cela, mais je suis ici pour vous dire que le jeu en vaut la chandelle. Même si ça fait mal. Même si ça tourne mal. L'amour vaut la peine qu'on se batte pour le préserver, chaque jour. Parce que le bonheur existe et que parfois il nous prend par surprise...

Sous un tonnerre d'applaudissements, les flashs se remirent à crépiter, mais Josh n'y prêta pas vraiment attention.

Tout ce qu'il voyait, c'était Winter. Winter qui lui souriait. Winter, magnifique dans sa robe. Winter, rayonnante de bonheur et prête à donner une seconde chance à l'amour. À *leur* amour...

Tout à coup, il la vit s'approcher de lui, comme au ralenti, et se hisser sur la pointe des pieds pour enrouler ses bras autour de son cou et lui donner le plus langoureux des baisers.

Alors, il sut qu'elle avait entièrement raison. Même si leur amour n'était jamais parfait, ni facile, il vaudrait toujours, toujours la peine qu'ils se battent pour lui.

Épilogue

Alors que Winter donnait une nouvelle conférence de presse, cette fois pour parler de son nouveau film dont elle était à la fois la réalisatrice et l'actrice principale, elle eut l'impression d'être revenue deux ans en arrière, après l'annonce des nominations, lorsqu'elle avait appris qu'elle allait passer une semaine en Islande avec son ex-mari.

Winter sourit, plus pour elle-même que pour les caméras. Si elle avait su à l'époque ce qu'elle savait maintenant !

Soudain, une main saisit la sienne, et elle sourit à Josh assis tout près d'elle. Elle savait que les photographes guettaient le moindre geste d'affection entre eux, mais elle s'en moquait. Elle avait appris au cours des deux dernières années que les caméras et le public verraient ce qu'ils voulaient voir et l'interpréteraient mal, quoi qu'elle fasse. Elle ne pouvait pas contrôler cela, pas plus que les réactions ou les espoirs de Josh.

Ce qu'elle *pouvait* faire – et ce qu'elle s'efforçait maintenant de faire – était de se concentrer sur elle-même.

Josh faisait des efforts aussi, et tous deux étaient parvenus, non pas à établir des règles strictes, mais à mieux appréhender leur relation, ce qui était un bon début.

Désormais, chaque jour, ils prenaient le temps de parler, d'évoquer les éventuels conflits avant qu'ils ne prennent trop d'ampleur. Ils communiquaient beaucoup plus qu'ils ne l'avaient fait la première fois, et de manière bien plus franche. Ils avaient cessé de deviner ce que l'autre pensait pour se concentrer sur leurs besoins réciproques.

Cela n'avait pas résolu tous les problèmes, et Dieu sait qu'ils se trompaient encore parfois ! Mais chaque jour, ils tenaient la promesse qu'ils s'étaient faite : être ensemble, et faire en sorte que ça marche.

Quant à son corps… Winter n'était pas sûre de pouvoir lui faire confiance un jour, car il l'avait trahie par le passé. Mais elle avait appris à prendre soin de lui, à l'écouter, et c'était l'essentiel.

— Winter ! Ce n'était pas trop difficile de diriger Josh sur ce film ?

Cette question fit naître un rire parmi la foule, et Winter sourit avant d'y répondre.

— Heureusement pour moi, Josh est très professionnel, répondit-elle. Et quand on fait un film, c'est un atout précieux. Nous avons trouvé un moyen de faire fonctionner les choses, et de laisser notre vie privée en dehors du plateau.

— Josh, même question pour vous ! lança un autre journaliste. Comment avez-vous vécu le fait d'être dirigé par votre femme ?

Josh lui serra tendrement la main avant de répondre.

— Ma vie est toujours plus facile quand j'obéis à ma femme, dit-il sur le ton de la plaisanterie, suscitant l'hilarité des journalistes rassemblés. Non, sérieusement. Nous avons abordé ce film de la même manière que nous abordons notre relation, chaque jour. En tentant de donner le meilleur de nous-mêmes à chaque instant.

Cette remarque provoqua un brouhaha ravi dans l'assistance. Les questions s'enchaînèrent ensuite, et ils y répondirent à tour de rôle, offrant l'image d'une harmonie parfaite.

Enfin, la conférence de presse s'acheva et, depuis les coulisses, la nouvelle assistante de Winter annonça la dernière question.

Le journaliste choisi demanda :

— Quelle est la prochaine étape pour vous deux ? Un nouveau projet ? Ensemble ou séparément ? Ou prévoyez-vous de prendre d'abord un peu de repos ?

Winter et Josh échangèrent un regard complice, puis Josh prit la parole.

— Il faut absolument que nous prenions du temps pour nous reposer, et profiter un peu de notre nouvelle vie... en privé !

Cette fois, Winter baissa la tête pour dissimuler son rougissement. Puis elle se racla la gorge et sourit au public, tout en se serrant légèrement contre la cuisse de Josh, sous la table.

— Nous partons pour le Costa Rica, révéla-t-elle. Nous devons assister à un mariage.

De nouveau, un brouhaha emplit la salle et, enfin, quelqu'un osa formuler tout haut la question que tout le monde se posait.

— Le vôtre, peut-être ?

Josh rit.

— Pas cette fois.

De nouveau, il glissa sa main sous la table, pour toucher son annulaire où, la veille, il avait passé une nouvelle bague, à l'endroit où se trouvait encore son alliance. Une bague qui était le symbole de leur nouveau départ à deux.

Ils étaient convenus qu'elle ne la porterait pas aujourd'hui, pour éviter les questions indiscrètes. Rien ne pressait.

Ils révéleraient cette nouvelle au monde entier quand ils seraient prêts.

Après tout, ils avaient toute la vie devant eux.

Ensemble.

Vous avez aimé ce roman ?
Découvrez un nouveau roman de Sophie Pembroke
dès le mois de mai dans votre collection Azur !